选读

余秋雨 著

山东教育出版社

图书在版编目（CIP）数据

选读余秋雨 / 余秋雨著 . —济南：山东教育出版社，2015

ISBN 978-7-5328-8928-0

Ⅰ . ①选… Ⅱ . ①余… Ⅲ . ①文艺—文集 Ⅳ . ① I0-53

中国版本图书馆 CIP 数据核字（2015）第 192155 号

选读余秋雨

余秋雨　著

主　管：山东出版传媒股份有限公司

出版者：山东教育出版社

　　　　（济南市纬一路 321 号　邮编：250001）

电　话：（0531）82092664　传真：（0531）82092625

网　址：sjs.com.cn

发行者：山东教育出版社

印　刷：济南继东彩艺印刷有限公司

版　次：2015 年 9 月第 1 版

　　　　2017 年 1 月第 3 次印刷

规　格：710mm×1000mm　16 开本

印　张：13.75 印张

字　数：170 千字

书　号：ISBN 978-7-5328-8928-0

定　价：36.00 元

（如印装质量有问题，请与印刷厂联系调换）

印厂电话：0531-87160055

作者简介

余秋雨

一九四六年八月生，浙江人。早在"文革"灾难时期，针对当时以戏剧为起点的文化极端主义专制，勇敢地建立了《世界戏剧学》的宏大构架。灾难方过，及时出版，至今三十余年仍是这一领域唯一的权威教材，获"全国优秀教材一等奖"。同时，又以文化人类学的高度完成了全新的《中国戏剧史》，以接受美学的高度完成了国内首部《观众心理学》，并创作了自成体系的《艺术创造学》，皆获海内外学术界的高度评价。

二十世纪八十年代中期，被推举为当时中国内地最年轻的高校校长，并出任上海市中文专业教授评审组组长，兼艺术专业教授评审组组长。曾获"国家级突出贡献专家""上海十大高教精英""中国最值得尊敬的文化人物"等荣誉称号。

二十多年前毅然辞去一切行政职务和高位任命，孤身一人寻访中华文明被埋没的重要遗址。所写作品，既大力推动了文物保护，又开创了"文化大散文"一代文体，模仿者众多。

二十世纪末，冒着生命危险贴地穿越数万公里考察了巴比伦文明、埃及文明、克里特文明、希伯来文明、阿拉伯文明、印度文明、波斯文明等一系列最重要的文化遗迹。作为迄今全球唯一完成全部现场抵达的人文学者，一路上对当代世界文明做出了全新思考和紧迫提醒，在海内外引起广泛关注。

他所写的书籍，长期位居全球华文书排行榜前列。仅在台湾一地，就囊括了白金作家奖、桂冠文学家奖、读书人最佳书奖、金石堂最有影响力书奖等一系列重大奖项。

近十年来，他凭借着考察和研究的宏大资源，投入对中国文脉、中国美学、中国人格的系统著述。联合国教科文组织、北京大学、《中华英才》杂志等机构一再为他颁奖，表彰他"把深入研究、亲临考察、有效传播三方面合于一体"，是"文采、学问、哲思、演讲皆臻高位的当代巨匠"。

自二〇〇二年起，赴美国哈佛大学、耶鲁大学、哥伦比亚大学、纽约大学、华盛顿国会图书馆、联合国中国书会讲授"中华宏观文化史""世界坐标下的中国文化"等课题，每次都掀起极大反响。二〇〇八年，上海市教育委员会颁授成立"余秋雨大师工作室"。现任中国艺术研究院"秋雨书院"院长、澳门科技大学人文艺术学院院长。（陈羽）

文脉犹在，君子未亡

《谢家门孔》手稿

目 录

中国文脉

一

中国文脉，是指中国文学几千年发展中最高等级的生命潜流和审美潜流。

这种潜流，在近处很难发现，只有从远处看去，才能领略大概，就像那一条倔犟的山脊所连成的天际线。

正是这条天际线，使我们知道那个天地之大，以及那个天地之限，并领略了一种注定要长久包围我们生命的文化仪式。

因为太重要，又处于隐潜状态，就特别容易产生误会。因此，我们必须开宗明义，指出那些最常见的理论岔道，不让它们来干扰文脉的潜流——

一、这股潜流，在绝大多数情况下，不是官方主流；

二、这股潜流，在绝大多数情况下，不是民间主流；

三、这股潜流，属于文学，并不从属于哲学学派；

四、这股潜流，虽然重要，但体量不大；

五、这股潜流，并不一以贯之，而是时断时续，断多续少；

六、这股潜流，对周围的其他文学现象有吸附力，更有排斥力。

寻得这股潜流，是做减法的结果。我一向主张，研究文化和文学，先做加法，后做减法。减法更为重要，也更为艰难。

减而见筋，减而显神，减而得脉。

减法难做，首先是因为人们千百年来一直处于文化匮乏状态，见字而敬，见文而信，见书而畏，不存在敢于大胆取舍的心理高度；其次，即使有了心理高度，也缺少品鉴高度，与多数轰传一时的文化现象相比，"得脉"者没有那么多知音。

大胆取舍，需要锐利斧钺。但是，手握这种斧钺的人，总是在开山辟路。那些只会坐在凉棚下说三道四、指手画脚的人，大多不懂斧钺。开山辟路的人没有时间参与评论，由此造成了等级的倒错、文脉的失落。

等级，是文脉的生命。

人世间，仕途的等级由官阶来定，财富的等级由金额来定，医生的等级由疗效来定，明星的等级由传播来定，而文学的等级则完全不同。文学的等级，与官阶、财富、疗效、传播等因素完全无关，只由一种没有明显标志的东西来定，这个东西叫品位。

其他行业也讲品位，但那只是附加，而不像文学，是唯一。

总之，品位决定等级，等级构成文脉。但是，这中间的所有流程，都没有清晰路标。这一来，事情就麻烦了。

环顾四周，现在越来越多的"成功者"都想以文炫己，甚至以文训世，结果让人担忧。有些"儒商"为了营造"企业文化"，强制职工背诵古代那些文化等级很低的发蒙文言；有些电视人永远在绘声绘色地讲述着早就应该退出公共记忆的文化残屑；有些当代"名士"更是染上了古代的"嗜痂之癖"，如鲁迅所言，把远年的红肿溃烂，赞之为"艳若桃花"。

颇让人不安的，是目前电视上某些文物鉴定和拍卖节目，只要牵涉到明清和近代书画，就对作者的文化地位无限拔高。初一听，溢美古人，无可厚非，但是这种事情不断重复也就颠覆了文化的基本等级。就像一座十层高塔，本来轮廓清晰，突然底下几层要自成天台，那么上面的几层只能坍塌。试想，如果唐伯虎、乾隆都成了"中国古代一流诗人"，那么，我们只能悄悄把整部《全唐诗》付之一炬了。书法也是一样，一个惊人的天价投向一份中等水准的笔墨，就像一堆黄金把中国书法史的天平压垮了。

面对这种情况我曾深深一叹："文脉既隐，小丘称峰；健翅已远，残羽充鹏。"

照理，文物专家不懂文脉，亿万富翁不懂文化，十分正常。但现在，现代传媒的渗透力度，拍卖资金的强烈误导，使很多人难以抵拒地接受了这种空前的"文化改写"，结果实在有点恐怖。

有人说，对文学，应让人们自由取用，不要划分高低。这是典型的"文学民粹主义"，似是而非。就个人而言，不经过基本教育，何能自由取用？鼠目寸光、井蛙观天，恰恰违背了"自由"的本义；就整体而言，如果在精神文化上也不分高低，那就会失去民族的大道、人类的尊严，一切都将在众声喧哗中不可收拾。

如果不分高低，只让每个时间和空间的民众自由取用、集体"海选"，那么，中国文学，能选得到那位流浪草泽、即将投水的屈原吗？能选得到那位受过酷刑、耻而握笔的司马迁吗？能选得到那位僻居荒村、艰苦躬耕的陶渊明吗？他们后来为民众知道，并非民众自己的行为。而且，知道了，也并不能体会他们的内涵。因此我敢断言，任何民粹主义的自由海选，即便再有人数、再有资金，也与优秀文学基本无关。

这不是文学的悲哀，而是文学的高贵。

我主张，在目前必然寂寞的文化良知领域，应该重启文脉之思，重开严选之风，重立古今坐标，重建普世范本。为此，应努力拨去浮华热闹，远离滔滔口水，进入深度探讨。选择自可不同，目标却是同归，那就是清理地基，搬开芜杂，集得高墙巨砖，寻获大柱石础，让出疏朗空间，洗净众人耳目，呼唤亘古伟步，期待天才再临。由此，中华文化的复兴，才有可能。

二

文脉的原始材料，是文字。

汉字大约起源于五千多年前。较系统的运用，大约在四千年前。不断出现的考古成果既证明着这个年份，又质疑着这个年份。据我比较保守的估计，大差不差吧，除非有了新的惊人发现。

汉字产生之后，经由"象形—表意—形声"这几个阶段，开始用最简单的方法记载历史，例如王朝谱牒。应该夏朝就有了，到商代的甲骨文和金文，已相当成熟。但是，甲骨文和金文的文句，还构不成文学意义上的"文脉之始"。文学，必须由"意指"走向"意味"。这与现代西方美学家所说的"有意味的形式"，有点关系。既是"意味"又是"形式"，才能构成完整的审美。这种完整，只有后来的《诗经》，才能充分满足。《诗经》产生的时间，大概离现在二千六百年到三千年左右。

然而，我发现了一个有趣的现象。商代的甲骨文和金文虽然在文句上还没有构成"文脉之始"，但在书法上却已构成了。如果我们把"文脉"扩大到书法，那么，它就以"形式领先"的方式开始于商代，比《诗经》早，却又有所交错。正因为此，我很喜欢去河南安阳，长久地看着甲骨文和青铜器发呆。甲骨文多半被读解了，但我总觉得那里还埋藏着孕育中国文脉的神秘因子。一个横贯几千年的文化行程将要在那里启航，而直到今天，那个老码头还是平静得寂然无声。

终于听到声音了，那是《诗经》。

《诗经》使中国文学从一开始就充满了稻麦香和虫鸟声。这种香气和声音，将散布久远，至今还闻到、听到。

十余年前在巴格达的巴比伦遗址，我读到了从楔形文字破译的古代诗歌。那些诗歌是悲哀的、慌张的、绝望的，好像强敌刚刚离去，很快会回来。因此，歌唱者只能抬头盼望神祇，苦苦哀求。这种神情，与那片土地有关。血腥的侵略一次次横扫，人们除了奔逃还是奔逃，因此诗句中有一些生命边缘的吟咏，弥足珍贵。但是，那些吟咏过于匆忙和粗糙，尚未进入成熟的文学形态，又因为楔形文字的很早中断，没有构成下传之脉。

同样古老的埃及文明，至今没见过古代留下的诗歌和其他文学样式。卢克索太阳神庙大柱上的象形文字，已有部分破译，却并无文学意义。过于封闭、过于保守的一个个王朝，曾经留下了帝脉，而不是文脉。即便有气脉，也不是诗脉。

印度在古代是有灿烂的文学、诗歌、梵剧、理论，但大多是围绕着"大梵天"的超验世界。同样是农耕文明，却缺少土地的气息和世俗的表情。

《诗经》的吟唱者们当然不知道有这种对比，但我们一对比，它也就找到了自己。其实，它找到的，也是后代的中国。

《诗经》中，有祭祀，有抱怨，有牢骚，但最主要、最拿手的，是在世俗生活中抒情。其中抒得最出色的，是爱情。这种爱情那么"无邪"，既大胆又羞怯，既温柔又敦厚，足以陶冶风尚。

在艺术上，那些充满力度又不失典雅的四字句，一句句排下来，成了中国文学起跑点的砖砌路基。那些叠章反复，让人立即想到，这不仅仅是文学，还是音乐，还是舞蹈。一切动作感涨满其间，却又毫不鲁莽，优雅地引发乡间村乐，咏之于江边白露，舞之于月下乔木。终于由时间定格，凝为经典。

没有巴比伦的残忍，没有卢克索的神威，没有恒河畔的玄幻。《诗经》展示了黄河流域的平和、安详、寻常、世俗，以及有节制的谴责和愉悦。

但是，写到这里必须赶快说明，在《诗经》的这种平实风格后面，又有着一系列宏大的传说背景。传说分两种：第一种是"祖王传说"，有关黄帝、炎帝和蚩尤；第二种是"神话传说"，有关补天、填海、追日、奔月。

按照文化人类学的观念，传说和神话虽然虚无缥缈，却对一个民族非常重要，甚至可以成为一种历久不衰的"文化基因"。这在中华民族身上尤其明显。谁都知道，有关黄帝、炎帝、蚩尤的传说，决定了我们的身份；有关补天、填海、追日、奔月的传说，则决定了我们的气质。这两种传说，就文化而言，更重要的是后一种神话传说，因为它们为一个庞大的人种提供了鸿蒙的诗意。即便是离得最近的《诗经》，也在平实的麦香气中熔铸着伟大和奇丽。

于是，我们看到了，背靠着一大批神话传说，刻写着一行行甲骨文、金文，吟唱着一首首《诗经》，中国文化隆重上路。

其实，这也就是以孔子、老子为代表的先秦诸子出场前的精神背景。

先秦诸子出场，与世界上其他文明的巨人们一起组成了一个"轴心时代"，标志着人类智能的大爆发。现代研究者们着眼最多的，是各地巨人们在当时的不同思想成果，却很少关注他们身上带着什么样的文化基因。

三

先秦诸子，都是思想家、哲学家、教育家、社会活动家，没有一个是纯粹的文学家。但是，他们要让自己的思想说服人、感染人，就不能不运用文学手段。而且，有一些思维方式，从产生到完成都必须仰赖自然、譬引鸟兽、倾注情感、形成寓言，这也就成了文学形态。

思想家和哲学家在运用文学手段的时候，有人永远把它当作手段，有人则不小心暴露了自己其实也算得上是一个文学家。

先秦诸子由于社会影响巨大，历史贡献卓著，因此对中国文脉的形成有特殊贡献。但是，这种贡献与他们在思想和哲学上的贡献，并不一致。

我对先秦诸子的文学品相分为三个等级。

第一等级：庄子、孟子；

第二等级：老子、孔子；

第三等级：韩非子、墨子。

在这三个等级中，处于第一等级的庄子和孟子已经是文学家，而庄子则是一位大文学家。

把老子和孔子放在第二等级，实在有点委屈这两位精神巨匠了。我想他们本人都无心于自身的文学建树，但是，虽无心却有大建树。这便是天才，这便是伟大。

在文脉上，老子和孔子谁应领先？这个排列有点难。相比之下，孔子的声音，是恂恂教言，浑厚恳切，有人间炊烟气，令听者感动，令读者萦怀；相比之下，老子的声音，是铿锵断语，刀切斧劈，又如上天颁下律令，使听者惊悚，使读者铭记。

孔子开创了中国语录式的散文体裁，使散文成为一种有可能承载厚重责任、端庄思维的文体。孔子的厚重和端庄并不堵眼堵心，而是仍然保持着一个健康君子的斯文潇洒。更重要的是，由于他的思想后来成了千年正统，因此他的文风也就成了永久的楷模。他的文风给予中国历史的，是一种朴实的正气，这就直接成了中国文脉的一种基调。中国文脉，蜿蜒曲折，支流繁多，但是那种朴实的正气却颠扑不灭。因此，孔子于文，功劳赫赫。

本来，孔子有太多的理由在文学上站在老子面前，谁知老子另辟奇境，别创独例。以极少之语，蕴极深之义，使每个汉字重似千钧，不容外借。在老子面前，语言已成为无可辩驳的天道，甚至无须任何解释、过渡、调和、沟通。这让中国语文，进入了一个几乎空前绝后的圣哲高台。

我听不止一位西方哲学家说："仅从语言方式，老子就是最高哲学。孔子不如老子果断，因此在外人看来，更像一个教育家、社会评论家。"

外国人即使不懂中文，也能从译文感知"最高哲学"的所在，可见老子的表达有一种"骨子里"的高度。有一段时间，德国人曾骄傲地说："全世界的哲学都是用德文写的。"这当然是故意地自我夸耀，但平心而论，回顾以前几百年，德国人也确实有说这种"大话"的底气。然而，当他们读到老子就开始不说这种话了。据统计，现在几乎每个德国家庭都有一本老子的书，其普及度远远超过老子的家乡中国。

我一直主张，一切中国文化的继承者，都应该虔诚背诵老子那些斩钉截铁的语言，而不要在后世那些层级不高的文言文上厮磨太久。

说完第二等级，我顺便说一下第三等级。韩非子和墨子，都不在乎文学，有时甚至明确排斥。但是，他们的论述也具有了文学素质，主要是那些干净而雄辩的逻辑所造成的简洁明快，让人产生了一种阅读上的愉悦。当然，他们两人实干家的形象，也会帮助我们产生文字之外的动人想象。

更重要的是要让出时间来看看第一等级，庄子和孟子。孟子是孔子的继承者，比孔子晚了一百八十年。在人生格调上，他与孔子很不一样，显得有点骄傲自恃，甚至盛气凌人。这在人际关系上好像是缺点，但在文学上就不一样了。他的文辞，大气磅礴，浪卷潮涌，畅然无遮，情感浓烈，具有难以阻挡的感染力。他让中国语文，摆脱了左顾右盼的过度礼让，连接成一种马奔车驰的畅朗通道。文脉到他，气血健旺，精神抖擞，注入了一种"大丈夫"的生命格调。

但是，与他同一时期，一个几乎与他同年的庄子出现了。庄子从社会底层审察万物，把什么都看穿了，既看穿了礼法制度，也看穿了试图改革的宏谋远虑，因此对孟子这样的浩荡语气也投之以怀疑。岂止对孟子，他对人生都很怀疑。真假的区分在何处？生死的界线在哪里？他陷入了困惑，又继之以嘲讽。这就使他从礼义辩论中撤退，回到对生存意义的探寻，成了一个由思想家到文学家的大步跃升。

他的人生调子，远远低于孟子，甚至也低于孔子、墨子、荀子或其他别的"子"。但是这种低，使他有了孩子般的目光，从世界和人生底部窥探，问出一串串最重要的"傻"问题。

但仅仅是这样，他还未必能成为先秦诸子中的文学冠军。他最杰出之处，是用极富想象力的寓言，讲述了一个又一个令人难忘的故事，而在这些寓言故事中，都有一系列鲜明的艺术形象。这一下，他就成了那个思想巨人时代的异类、一个充满哲思的文学家。《逍遥游》《秋水》《人间世》《德充符》《齐物论》《养生主》《大宗师》……这些篇章，就成了中国哲学史、也是中国文学史的第一流佳作。

此后历史上一切有文学才华的学人，都不会不粘上庄子。这个现象很奇怪，对于其他"子"，都因为思想观念的差异而有明显的取舍，但庄子却例外。没有人会不喜欢他讲的那些寓言故事，没有人会不喜欢他与南天北海融为一体的自由精神，没有人会不喜欢他时而巨鸟、时而大鱼、时而飞蝶的想象空间。

在这个意义上，形象大于思维，文学大于哲学，活泼大于庄严。

四

我把庄子说成是"先秦诸子中的文学冠军"，但请注意，这只是在"诸子"中的比较。如果把范围扩大，那么，他在那个时代就不能夺冠了。因为在南方，出现了一位比他小三十岁左右的年轻人，那就是屈原。

屈原，是整个先秦时期的文学冠军。

不仅如此，作为中国第一个大诗人，他以《离骚》和其他作品，为中国文脉输入了强健的诗魂。对于这种输入，连李白、杜甫也顶礼膜拜。因此，戴在他头上的，已不应该仅仅是先秦的桂冠。

前面说到，中国文脉是从《诗经》开始的，所以对诗已不陌生。然而，对诗人还深感陌生，何况是这么伟岸的诗人。

《诗经》中也署了一些作者的名字，但那些诗大多是朝野礼仪风俗中的集体创作，那些名字很可能只是采集者、整理者。从内容看，《诗经》还不具备强烈而孤独的主体性。按照我给北京大学学生讲述中国文化史时的说法，《诗经》是"平原小合唱"，《离骚》是"悬崖独吟曲"。

这个悬崖独吟者，出身贵族，但在文化姿态上，比庄子还要"傻"。诸子百家都在大声地宣讲各种问题，连庄子也用寓言在启迪世人，屈原却不。他不回答，不宣讲，也不启迪他人，只是提问，没完没了地提问，而且似乎永远无解。

从宣讲到提问，从解答到无解，这就是诸子与屈原的区别。说大了，也是学者和诗人的区别、教师和诗人的区别、谋士与诗人的区别。划出了这么多区别，也就有了诗人。

从此，中国文脉出现了重大变化。不再合唱，不再聚众，不再宣讲。在主脉的地位，出现了行吟在江风草泽边那个衣饰奇特的身影，孤傲而天真，凄楚而高贵，离群而悯人。他不太像执掌文脉的人，但他执掌了；他被官场放逐，却被文学请回；他似乎无处可去，却终于无处不在。

屈原自己没有想到，他给两千多年的中国历史开了一个大玩笑。玩笑的项目有这样两个方面：

一、大家都习惯于称他"爱国诗人"，但他明明把"离"国作为他的主题。他曾经为楚抗秦，但正是这个秦国，在他身后统一了中国，成了后世"爱国主义"概念中真正的"国"。

二、他写的楚辞，艰深而华赡，民众几乎都不能读懂，但他却具备了最高的普及性，每年端午节出现的全民欢庆，不分秦楚，不分雅俗。

这两大玩笑也可以说是两大误会，却对文脉意义重大。第一个误会说明，中国官场的政治权脉试图拉拢文脉，为自己加持；第二个误会说明，世俗的神祇崇拜也试图借文脉，来自我提升。总之，到了屈原，文脉已经健壮，被"政脉"和"世脉"深深觊觎，并频频拉扯。说"绑架"太重，就说"强邀"吧。

雅静的文脉，从此经常会被"政脉""世脉"频频强邀，衍生出一个个庞大的政治仪式和世俗仪式。这种"静脉扩张"，对文脉而言有利有弊，弊大利小；但在屈原身上发生的事，对文脉尚无大害，因为再扩大、再热闹，屈原的作品并无损伤。在围绕着他的繁多"政脉""世脉"中间，文脉仍然能够清晰找到，并保持着主干地位。

记得几年前有台湾大学学生问我，大陆民众在端午节划龙舟、吃粽子的游戏，是否肢解了屈原？我回答：没有。屈原本人就重视民俗巫风中的祭祀仪式，后来，民众也把他当作了祭祀对象。屈原已经不仅仅是你们书房里的那个屈原。但是如果你们要找书房里的屈原也不难，《离骚》《九章》《九歌》《招魂》《天问》自可细细去读。一动一静，一祭一读，都是屈原。

如此文脉，出入于文字内外，游弋于山河之间，已经很成气象。

五

屈原不想看到的事情终于发生了，秦国纵横宇内，终于完成了统一大业。

几乎所有的文学史都在谴责秦始皇为了极权统治而"焚书坑儒"的暴行，严重斫伤了中国文化。繁忙烟尘中的秦朝，所留文迹也不多，除了《吕氏春秋》，就是那位游士政治家李斯了。他写的《谏逐客书》不错，而我更佩服的是他书写的那些石刻。字并不多，但一想起就如直面泰山。

对秦始皇的谴责是应该的，但我从更宏观的视角来看，却有另一番见解。

我认为，秦始皇有意做了两件对不起文化的事，却又无意做了两件对得起文化的事，而且那是真正的大事。

他统一中国，当然不是为了文学，却为文学灌注了一种天下一统的宏伟气概。此后中国文学，不管什么题材，都或多或少地有所隐含。李白写道："秦王扫六合，虎视何雄哉！"可见这种气概在几百年后仍把诗人们笼罩。王昌龄写道："秦时明月汉时关，万里长征人未还。"秦人为后人开拓了情怀。

不仅如此，秦始皇还统一了文字，使中国文脉可以顺畅地流泻于九州大地。这种顺畅，尤其是在极大空间中的顺畅，反过来又增添了中国文学对于三山五岳、五湖四海的视野和责任。这就使工具意义和精神意义，产生了相辅相成的互哺关系。我在世界上各个古文明的废墟间考察时，总会一次次想到秦始皇。因为那些文明的割裂、分散、小化，都与文字语言的不统一有关。如果当年秦始皇不及时以强权统一文字，那么，中国文脉早就流逸不存了。

由于秦始皇既统一了中国又统一了文字，此后两千多年，只要是中国文人，不管生长在如何偏僻的角落，一旦为文便是天下兴亡、炎黄子孙；而且，不管面对着多么繁密的方言壁障，一旦落笔皆是汉字汉文，千里相通。总之，统一中国和统一文字，为中国文脉提供了不可比拟的空间力量和技术力量。秦代匆匆，无心文事，却为中华文明的格局进行了重大奠基。

六

很快就到汉代了。

历来对中国文脉有一种最表面、最通俗的文体概括，叫作：楚辞、汉赋、唐诗、宋词、元曲、明清小说。在这个概括中，最弱的是汉赋，原因是缺少第一流的人物和作品。

是枚乘？是司马相如？还是早一点的贾谊？是《七发》《子虚》《上

林》？这无论如何有点拿不出手，因为前前后后一看，远远站着的，是屈原、李白、杜甫、苏东坡、关汉卿、曹雪芹啊。

就我本人而言，对汉赋，整体上不喜欢。不喜欢它的铺张，不喜欢它的富丽，不喜欢它的雕琢，不喜欢它的堆砌，不喜欢它的奇僻，当然，更不喜欢它的歌颂阿谀、不见风骨。我的不喜欢，还有一个长久的心结，那就是从汉代以后二千年间，中国社会时时泛起的奉承文学，都以它为范本。

汉赋的产生是有原因的。一个强大而富裕的王朝建立起来了，确实处处让人惊叹，而"罢黜百家，独尊儒术"的思想文化统治使很多文人渐渐都成了"润色鸿业"的驯臣。再加上汉武帝自己的爱好，那些辞赋也就成了朝廷的主流文本，可称为"盛世宏文"。几重因素加在一起，那么，汉赋也就志满意得、恣肆挥洒。文句间那层层渲染的排比、对偶、连词，就怎么也挡不住了。这是文学史上的一种奇观，如此抑扬顿挫、涌金叠银、流光溢彩，确实也使汉语增添了不少词藻功能和节奏功能。

说实话，我在研究汉代艺术史的时候曾从不少赋作中感受过当时当地的气象，颇有收获；但从文学的角度来看，这些赋，毕竟那么缺少思想、缺少个性、缺少真切、缺少诚恳，实在很难在中国文脉中占据太多正面地位。这就像我们见过的有些名流，在重要时段置身重要职位，服饰考究，器宇轩昂，但一看内涵，却是空泛呆滞、言不由衷，那就怎么也不会真正入心入情，留于记忆。这，也正是我在做过文学史、艺术史的各种系统阐述之后，特别要跳开来用挑剔的目光来检索文脉的原因。如果仍然在写文学史，那就不应该表达那么鲜明的取舍褒贬。

汉赋在我心中黯然失色，还有一个尴尬的因素，那就是，离它不远，出现了司马迁的《史记》。

司马迁和《史记》，这是我心中永远的太阳。

大家可能看到，坊间有一本叫《中华文化四十七堂课——从北大到台大》的书，这是我为北京大学中文系、历史系、哲学系、艺术学院的部分学生讲授"中国文化史"的课堂记录，在大陆和台湾都成了畅销书。四十七堂课，每堂都历时半天，每星期一堂，因此是一整年的课程。用一年来讲述四千年，无论怎么说还是太匆忙，结果，即使对于长达五百年的明、清两代，我也只用了两堂课来讲述（第四十四、四十五堂课）。然而，我却为一个人讲了四堂课（第二十一、二十二、二十三、二十四堂课）。这个人就是司马迁。看似荒唐的比例，表现出我心中的特殊重量。

司马迁在历史学上的至高地位，我们在这里暂且不说，只说他的文学贡献。是他第一次，通过对一个个重要人物的生动刻画，写出了中国历史的魂魄。因此也可以说，他将中国历史拟人化、生命化了。更惊人的是，他在汉赋的包围中，居然不用整齐的形容、排比、对仗，更不用词藻的铺陈，而只以从容真切的朴素笔触、错落有致的自然文句，做到了这一切。于是，他也就告诉人们：能把千钧历史撬动起来浸润到万民心中的，只有最本色的文学力量。

大家说，他借用文学写好了历史；我则说，他借用历史印证了文学。除了虚构之外，其他文学要素他都酣畅地运用到了极致。但他又不露痕迹，高明得好像没有运用。不要说他同时的汉赋，即使是此后两千年的文学一旦陷入奢靡，不必训斥，只须一提司马迁，大多就会从梦魇中惊醒，吓出一身冷汗。除非，那些人没读过司马迁，或读不懂司马迁。

我曾一再论述，就散文而言，司马迁是中国古代第一支笔。他超过"唐宋八大家"，更不要说其他什么派了。"唐宋八大家"中，也有几个不错，但与司马迁一比，格局小了，又有点"做"。这放到后面再说吧。

七

不要快速地跳到唐代去。由汉至唐，世情纷乱，而文脉健旺。

我对于魏晋文脉的梳理，大致分为"三段论"。

首先，不管大家是否乐见，第一个在战火硝烟中接续文脉的，是曹操。我曾在《丛林边的那一家》中写道："曹操一心想做军事巨人和政治巨人而十分辛苦，却不太辛苦地成了文化巨人。"我还拿同时代写了感人散文《出师表》的诸葛亮和曹操相比，结论是："任何一部《中国文学史》，遗漏了曹操都是难于想象的，而加入了诸葛亮也是难于想象的。"

曹操的军事权谋形象在中国民间早就凝固，却缺少他在文学中的身份。然而，当大家知道，那些早已成为中国熟语的诗句居然都出自他的手笔，常常会大吃一惊。哪些熟语？例如："老骥伏枥，志在千里"；"烈士暮年，壮心不已"；"对酒当歌，人生几何"；"何以解忧，唯有杜康"；"青青子衿，悠悠我心"；"月明星稀，乌鹊南飞"；"山不厌高，海不厌深"；"东临碣石，以观沧海"；"秋风萧瑟，洪波涌起"；"日月之行，若出其中，星汉灿烂，若出其里"……还有那些描写乱世景象的著名诗句："白骨露于野，千里无鸡鸣，生民百遗一，念之断人肠"……

在漫长的历史上，还有哪几个文学家，能让自己的文句变成千年通用？可能举得出三四个，不多，而且渗入程度似乎也不如他广泛。

更重要的是等级。我在对比后曾说，诸葛亮的文句所写，是君臣之情；曹操的文句所写，是宇宙人生。不必说诸葛亮，即便在文学史上，能用那么开阔的气势来写宇宙人生的，还有几个？而且从我特别看重的文学本体来说，像他那么干净、朴素、凝炼的笔墨，又有几个？

曹操还有两个真正称得上文学家的儿子，曹丕、曹植。父子三人中，文学地位最低而终于做了皇帝的曹丕，就文笔论，在数千年中国帝王中也能排到第二。第一是李煜，以后的事了。

在三国时代，哪一个军阀都少不了血腥谋略。中国文人历来对曹操的恶评，主要出于一个基点，那就是他要"断绝刘汉正统"。但是我们如果从宏观文化上看，在兵荒马乱的危局中真正把中国文脉强悍地接续下来的，是谁呢？

这是"三段论"的第一段。

第二段，曹操的书记官阮瑀生了一个儿子叫阮籍，接过了文脉。还算直接，却已有了悬崖峭壁般的"代沟"。比阮籍小十余岁的嵇康，再加上一些文士，通称为"魏晋名士"。其实，真正得脉者，只有阮籍、嵇康两人。

这是一个"后英雄时代"的文脉旋涡。史诗传奇结束，代之以恐怖腐败，文士们由离经之议、忧生之嗟而走向虚无避世。生命边缘的挣扎和探询，使文化感悟告别正统，向着更危险、更深秘的角落释放。奇人奇事，奇行奇癖，随处可见。中国文化，看似主脉已散，却四方奔溢，气貌繁盛。当然，繁盛的是气貌，而不是作品。那时留下的重大作品不多，却为中国文人在血泊和奢侈间的人格自信，提供了众多模式。

阮籍、嵇康是同年死的。在他们死后两年建立了西晋王朝，然后内忧外患，又是东晋，又是南北朝，说起来很费事。只是远远看去，阮籍、嵇康的风骨是找不到了，在士族门阀的社会结构中，文人们玄风颇盛。

玄谈，向被诟病。其实中国文学历来虽有写意、传神等风尚，却一直缺少形而上的超验感悟、终极冥思。倘若借助于哲学，中国哲学也过于实在。而且在汉代，道家、儒家又被轮番征用为朝廷主流教化，那就不能指望了。因此，我们的这些玄谈文士们能把哲学拉到自己身上，尤其出入佛道之间，每个人都弄得像是从空而降的思想家似的，我总觉得利多于弊。胡辩瞎谈的当然也有不少，但毕竟有几个是在玄思之中找到了自己，获得了个体文化的自立。

其中最好的例子要算东晋的王羲之了。他写的《兰亭序》，大家只看他的书法，其实内容也可一读，是玄谈中比较干净、清新的一种。我在为北大学生讲课时特地把它译述了一遍，让年轻人知道当时这些人在想什么。学生们一听，都很喜欢。

王羲之写《兰亭序》是在公元三五三年，地点在浙江绍兴，那年他正好五十岁。在写完《兰亭序》十二年之后，江西九江有一个孩子出生，他将开启魏晋南北朝文学"三段论"的第三段。

这就是第三段的主角，陶渊明。

就文脉而言，陶渊明又是一座时代最高峰了。自秦汉至魏晋，时代最高峰有三座：司马迁、曹操、陶渊明。若要对这三座高峰做排列，那么，司马迁第一，陶渊明第二，曹操第三。曹操可能会气不过，但只能让他息怒了。理由有三：

一、如果说，曹操们着迷功业，名士们着迷自己，而陶渊明则着迷自然。最高是谁，一目了然。在陶渊明看来，不要说曹操，连名士们也把自己折腾得太过分了。

二、陶渊明以自己的诗句展示了鲜明的文学主张，那就是戒色彩，戒夸饰，戒繁复，戒深奥，戒典故，戒精巧，戒黏滞。几乎，把他前前后后一切看上去"最文学"的架势全推翻了，呈现出一种完整的审美系统。态度非常平静，效果非常强烈。

三、陶渊明创造了一种以"田园"为标帜的人生境界，成了一种千年不移的文化理想。不仅如此，他还在这种"此岸理想"之外提供了一个"彼岸理想"——桃花源，在中华文化圈内可能无人不知。把一个如此缥缈的理想闹到无人不知，谁能及得？

就凭这三点，曹操在文学上只能老老实实地让陶渊明几步了，让给这位不识刀戟、不知谋术、在陋屋被火烧后不知所措的穷苦男人。

陶渊明为中国文脉增添了前所未有的自然之气、洁净之气、淡远之气。而且，又让中国文脉跳开了非凡人物，而从凡人身上穿过，变得更普世了。

讲了陶渊明，也省得我再去笑骂那个时代很嚣张的骈体文了。那是东汉时期开始的汉赋末流，滋生蓬勃于魏晋，以工整、华丽的"假大空"为其基本特征。而且也像一切末流文学，总是洋洋得意，而且朝野吹捧。只要是"假大空"，朝野不会不喜欢。

八

眼前就是南北朝了。

那就请允许我宕开笔去，说一段闲话。

上次去台湾，文友蒋勋特意从宜兰山居中赶到台北看我，有一次长谈。有趣的是，他刚出了一本谈南朝的书，而我则花几年时间一直在流连北朝，因此虽然没有预约，却一南一北地畅谈起来了。台湾《联合报》记者得知我们两人见面，就来报道，结果出了一大版有关南北朝的文章，在今天的闹市中显得非常奇特。

蒋兄写南朝的书我还没有看，但由他来写，一定写得很好。南朝比较富裕，又重视文化，文人也还自由，可谈的话题当然很多。蒋兄写了，我就不多啰唆了，还是抬头朝北，说北朝吧。

蒋兄沉迷南朝，我沉迷北朝，这与我们不同的气质有关，虽老友也"和而不同"。我经过初步考证，怀疑自己的身世可能是古羌而入西夏，与古代凉州脱不了干系，因此本能地亲近北朝。北朝文化，至少有一半来自凉州。

当然，我沉迷北朝，还有更宏观的原因，而且与现在正在梳理的宏观文脉相关。

文脉一路下来，变化那么大，但基本上在一个近似的文明之内转悠。或者说，就在黄河和长江这两条河之间轮换。例如：《诗经》和诸子是黄河流域，屈原是长江流域；司马迁是黄河流域，陶渊明是长江流域。这么一个格局，在幅员广阔的中国也不见得局促。但是那么多年过去，人们不禁要问，作为一种大文化，能不能把生命场地放得再开一些？

于是，公元五世纪，大机缘来了。由鲜卑族建立的北魏王朝，由于文明背景的重大差异，本该对汉文化带来沉重劫难，就像公元四七六年欧洲的西罗马帝国被"北方蛮族"灭亡，古希腊、古罗马文明一时陷入黑暗深渊一般；谁料想，北魏的鲜卑族统治者中有一些杰出人物，尤其是孝文帝拓跋宏（元宏），居然虔诚地拜汉文化为师，快速提升统治集团的文明等级，情况就发生了惊人的变化。他们既然善待汉文化，随之也就善待佛教文化，以及佛教文化背后的印度文化。这一来，已经在犍陀罗等地相依相融的希腊文化、波斯文化，乃至巴比伦文化也一起卷入，中国北方出现了前所未有的世界文明大汇聚。

从此，中国文化不再只是流转于黄河、长江之间了。经由从大兴安岭出发的浩荡胡风，茫茫北漠，千里西域，都被裹卷，连恒河、印度河、幼发拉底河、底格里斯河的波涛也隐约可见，显然，它因包容而更加强盛。山西大同的云冈石窟可以作为这种文明大汇聚的最好见证，因此我在那里题了一方石碑，上刻八字："中国由此迈向大唐。"

这就是说，在差不多同时，当苏格拉底、亚里士多德的文脉被"北方蛮族"突然阻断，而且会阻断近千年的当口上，中国文脉，却突然被"北方蛮族"大幅提振，并注定要为全人类的文明进程开辟一个值得永远仰望的"制高点"。

阿基米德说："给我一个支点，我能撬起整个地球。"我觉得，北魏就是一个历史支点，它撬起了唐朝。

当然，我所说的唐朝，是文化的唐朝。

为此，我长久地心仪北魏，寄情北魏。

即使不从"历史支点"的重大贡献着眼，当时北方的文化，也值得好好观赏。它们为中华文化提供了一种力度、一种陌生，让人惊喜。

例如，那首民歌："敕勒川，阴山下。天似穹庐，笼盖四野。天苍苍，野茫茫，风吹草低见牛羊。"

这里出现了中国文学中未曾见过的辽阔和平静，平静得让人不好意思再发什么感叹。但是，它显然闯入了中国文学的话语结构，不再离开。

当然，直接撼动文脉的是那首北朝民歌《木兰诗》。"唧唧复唧唧，木兰当户织"，这么轻快、愉悦的语言节奏，以及前面站着的这位健康、可爱的女英雄，带着北方大漠明丽的蓝天，带着战火离乱中的伦理情感，大踏步走进了中国文学的主体部位。你看，直到当代，国际电影界要找中国题材，首先找到的也还是花木兰。

在文人圈子里，南朝文人才思翩翩，有一些理论作品为北方所不及，如刘勰的《文心雕龙》、钟嵘的《诗品》。而且，他们还在忙着定音律、编文选、写宫体。相比之下，北朝文人没那么多才思。但是，他们拿出来的作品却别有一番重量，例如我本人特别喜爱的郦道元的《水经注》和杨衒之的《洛阳伽蓝记》。这些作品的纪实性、学术性，使一代散文走向厚实，也使一代学术亲近散文。郦道元和杨衒之，都是河北人。

九

唐代是一场审美大爆发，简直出乎所有文人的意料。

文人对前景的预料，大多只从自己和文友的状况出发。即便是南朝的那些专门研究来龙去脉的理论家、文选家，也无法想象唐代的来到。

人们习惯于从政治上的盛世，来看待文化上的繁荣，其实这又在以"政脉"解释"文脉"。

政文两途，偶尔交错。然而，虽交错也未必同荣共衰。唐代倒是特例，原先酝酿于北方旷野上、南方巷陌间的文化灵魂已经积聚有时，其他文明的渗透、发酵也到了一定地步，等到政局渐定，民生安好，西域通畅，百方来朝，政治为文化的繁荣提供了极好的平台，因此出现了一场壮丽的大爆发。

这是机缘巧合、天佑中华，而不是由政治带动文化的必然规律。其实，这种"政文俱旺"的现象，在历史上也仅此一次。

不管怎么说，有没有唐代的这次大爆发，对中国文化大不一样。试看天下万象：一切准备，如果没有展现，那就等于没有准备；一切贮存，如果没有启用，那就等于没有贮存；一切内涵，如果没有表达，那就等于没有内涵；一切灿烂，如果没有迸发，那就没有灿烂；一切壮丽，如果没有汇聚，那就没有壮丽。更重要的是，所有的展现、迸发、汇聚，都因群体效应产生了新质，与各自原先的形态已经完全不同。因此，大唐既是中国文化的平台，又是中国文化的熔炉；既是一种集合，又是一种冶炼。

唐代还有一个好处，它的文化太强了，因此成了中国历史上唯一不以政治取代文化的朝代。说唐朝，就很难以宫廷争斗掩盖李白、杜甫。而李白、杜甫，也很难被曲解成政治人物，就像屈原所蒙受的那样。即使是真正的政治人物如颜真卿，主导了一系列响亮的政治行动，但人们对他的认知，仍然是书法家。鲁迅说，魏晋时代是文学自觉的时代。这大致说得不错，只是有点夸张，因为没有"自立"的"自觉"，很难长久成立。唐代，就是一个文学自立的时代，并因自立而自觉。

文学的自立，不仅是对于政治，还对于哲学。现代有研究者说，唐代缺少像样的哲学家和思想家。这种说法也大致不错，但不必抱怨。作为一种强大而壮丽的审美大爆发，不能不让哲学的油灯黯淡了。

文学不必贯穿一种稳定而明确的哲学理念。文学就是文学，只从人格出发，不从理念出发；只以形式为终点，不以教化为目的。请问唐代那些大诗人各自信奉什么学说？实在很难说得清楚，而且一生多有转换，甚至同时几种交糅。但是，这一点儿也不影响他们写出千古佳作。

为什么一个时代不能由文学走向深刻呢？为什么一批文学家不能以美为目标，而必须以理念为目标？

唐代文学，说起来太冗长。我多年前在为北大学生讲授中国文化史时曾鼓励他们用投票的方式为唐代诗人排一个次序。标准有两个：一是诗人们真正抵达的文学高度；二是诗人们在后世被民众喜爱的广度。

北大学生投票的结果是这样十名——

第一名：李白；

第二名：杜甫；

第三名：王维；

第四名：白居易；

第五名：李商隐；

第六名：杜牧；

第七名：王之涣；

第八名：刘禹锡；

第九名：王昌龄；

第十名：孟浩然。

有意思的是，投票的那么多学生，居然没有两个人的排序完全一样。

这个排序，可能与我自己心中的排序还有一些出入。但高兴的是，大家没有多大犹豫，就投出了前四名：李白、杜甫、王维、白居易。这前四名，合我心意。

在一个琳琅满目的世界，学会排序是一种本事，不至于迷路。有的诗文，初读也很好，但通过排序比较，就会感知上下之别。日积月累，也就有可能深入文学最微妙的堂奥。例如，很多人都会以最高的评价来推崇初唐诗人王勃所写的《滕王阁序》，把其中"落霞与孤鹜齐飞，秋水共长天一色"说成是"全唐第一佳对"，这就是没有排序的结果。一排，发现这样的骈体文在唐代文学中的地位不应该太高。可理解的是，王勃比李白、王维大了整整半个世纪，与唐代文学的黄金时代相比，是一种"隔代"存在。又如，人们也常常对张若虚的《春江花月夜》赞之有过，连闻一多先生也曾说它是"诗中的诗，顶峰上的顶峰"。但我坚持认为，当李白、杜甫他们还远远没有出生的时候，唐诗的"顶峰"根本谈不上，更不要说"顶峰上的顶峰"了。

但是，无论是王勃还是张若虚，已经表现出让人眼睛一亮的初唐气象。在他们之后，会有盛唐、中唐、晚唐，每一个时期各不相同，却都天才喷涌、大家不绝。唐代，把文学的各个最佳可能，都轮番演绎了一遍。请看，从发轫，到飞扬，到悲哀，到反观，到个人，到凄迷，各种文学意味都以最强烈的方式展现了，几乎没有重大缺漏。

因此，一个杰出时代的文学艺术史，很可能被看成了人类文学艺术史的浓缩版。有学生问我，如果时间有限，却要集中地感受一下中国文化的极端丰富，又不想跳来跳去，读什么呢？

我回答："读唐诗吧。"

与我前面列述的中国文脉的峰峦相比，唐诗具有全民性。唐诗让中国语文具有了普遍的附着力、诱惑力、渗透力，并让它们笼罩九州、镌刻山河、朗朗上口。有过了唐诗，中国大地已经不大有耐心来仔细倾听别的诗句了。

因为有过了唐诗，倾听者的范围早就超过了文苑、学界，拓展为一个漫无边际的不确定群落。他们粗糙，但很挑剔。两句听不进去，他们就转身而去，重新吟诵起李白、杜甫。

十

再说一说唐代的文章。

唐代的文章，首推韩愈、柳宗元。

自司马迁之后九百多年，中国散文写得最好的，也就是他们两位了，因此他们并不仅仅归属于唐代，也算是"千年一出"之人。

他们两位，是后世所称"唐宋八大家"的领头者。我在前面说过，"唐宋八大家"的文学成就，在整体上还比不过司马迁一人，这当然也包括他们两位在内。但是，他们两位，做了一件力挽狂澜的大事，改变了一代文风，清理了中国文脉，这是司马迁所未曾做过的。

他们再也不能容忍从魏晋以来越来越盛炽的骈体文了。自南朝的宋、齐、梁、陈到唐初，这种文风就像是藻荇藤蔓，已经缠得中国文学步履蹒跚。但是，文坛和民众却不知其害，以为光彩夺目、堆锦积绣就是文学之胜，还在竞相趋附。

面对这种风气，韩愈和柳宗元都想重新接通从先秦诸子到屈原、司马迁的气脉，为古人和古文"招魂"。因此，他们发起了一个"古文运动"。按照韩愈的说法，汉代以后的文章，他已经不敢看了。（《答李翊书》："非三代两汉之书不敢观。"）这种主张，初一看似乎是在"向后走"，但懂得维护文脉的人都知道，这是让中国文化有能力继续向前走的基本条件。

他们两人，特别是韩愈，显然遇到了一个矛盾。他崇尚古文，又讨厌因袭；那么，对古人就能因袭了吗？他几经深思，得出明确结论：对古文，"师其意而不师其辞"，学习者必须"自树立，不因循"。甚至，他更透彻地说："惟陈言之务去。"只要是套话、老话、讲过的话，必须删除。因此，他的"古文运动"，其实不是模仿古文，而是寻找千年来未颓的"古意"。"古意"本身，就包含着创新，包含着不可重复的个性，即"词必己出"。

他与柳宗元在这件事上有一个强项，那就是不停留在空论上，而是拿出了自己的一大批示范作品。韩愈的散文，气魄很大，从句式到词汇都充满了新鲜活力。但是相比之下，柳宗元的文章写得更清雅、更诚恳、更隽永。韩愈在崇尚古文时，也崇尚古文里所包含的"道"，这使他的文章难免有一些说教气。柳宗元就没有这种毛病，他被贬于柳州、永州时，离文坛很远，只让文章在偏僻而美丽的山水间一笔笔写得更加情感化、寓言化、哲理化，因此也达到了更高的文学等级。与他一比，韩愈那几篇名文，像《原道》《原毁》《师说》《争臣论》等等，道理盖过了审美，已经模糊了论文和文学的界限。

总之，韩愈、柳宗元他们既有观念，又有实践，"古文运动"展开得颇有声势。骈体文的地位很快被压下去了，但是，随之也带来了一些消极的后果。在骈体文盛行的魏晋南北朝，文学已经逐渐自觉，虽触目秾丽，也是文学里边的事。现在"古文运动"让文章重新载道，迎来了太多观念性因素。这些因素，与文学不亲。

十一

唐朝灭亡后，由藩镇割据而形成了五代十国的分裂局面。一度曾经诗情充溢的北方已经很难寻到诗句，而南方却把诗文留存了。特别是，那个南唐的李后主李煜，本来从政远不及吟咏，当他终于成了俘虏被押解到汴京之后，一些重要的诗句穿过亡国之痛而飘向天际，使他成了一种新的文学形式——"词"的里程碑人物。

李煜又一次充分证明了"政脉"与"文脉"是两件事。在那个受尽屈辱的俘居小楼，在他时时受到死亡威胁而且确实也很快被毒死的生命余隙之中，明月夜风知道：中国文脉光顾此处。

从此，"春花秋月""一江春水""不堪回首""流水落花""天上人间""仓皇辞庙"等等意绪，以及承载它们的"长短句"的节奏，将深深嵌入中国文化；而这个倒霉皇帝所奠定的那种文学样式"词"，将成为俘虏他的王朝的第一文学标帜。

人类很多文化大事，都在俘虏营里发生。这一事实，在希腊、罗马、波斯、巴比伦、埃及的互相征战中屡屡出现。在我前面说到的凉州到北魏的万里蹄声中，也被反复印证。这次，在李煜和宋词之间，又一次充分演绎。

十二

那就紧接着讲宋代。

我前面说过，在唐代，政文俱旺；那么，在宋代，虽非"俱旺"，却政文贴近。

这有两个原因。

第一个原因，宋代重视文官当政，比较防范武将。结果，不仅科举制度大为强化，有效地吸引了全国文人，而且让一些真正的文化大师如范仲淹、欧阳修、王安石、司马光等占居行政高位。这种景象，使文化和政治出现了一种特殊的"高端联姻"，文化感悟和政治使命混为一体。表面上，既使文化增重，又使政治增色。其实，并不完全如此，有时反而各有损伤。

第二个原因，宋代由于文人当政，又由于对手是游牧民族的浩荡铁骑，在军事上屡屡失利，致使朝廷危殆、中原告急。这就激发了一批杰出的文学家心中的英雄气概、抗敌意志，并在笔下流泻成豪迈诗文。陆游、辛弃疾就是其中最让人难忘的代表，可能还要包括最后写下《过零丁洋》和《正气歌》的文天祥。

这确实也是中国文脉中最为慷慨激昂的正气所在，具有长久的感染力。但是，我们在钦佩之余也应该明白，一个历时三百余年的重要朝代的文脉，必然是一种多音部的交响。与民族社稷之间的军事征战相比，文化的范围要广泛得多、深厚得多、丰富得多。

因此，文脉的首席，让给了苏东坡。苏东坡也曾经与政治有较密切关系，但终于在"乌台诗案"后两相放逐了：政治放逐了他，他也放逐了政治。他的这个转变，使他一下子远远地高过于王安石、司马光，当然也高过于比他晚得多的陆游、辛弃疾。他的这个转变，我曾在《黄州突围》中有详细描述。说他"突围"，不仅仅是指他突破文坛小人的围攻，更重要的是，突破了他自己沉溺已久的官场价值体系。因此，他的突围，也是文化本体的突围。有了他，宋代文化提升了好几个等级。所以我写道，在他被贬谪的黄州，在无人理会的彻底寂寞中，在他完全混同于渔夫樵农的时刻，中国文脉聚集到了那里。

苏东坡是一个文化全才，诗、词、文、书法、音乐、佛理，都很精通，尤其是词作、散文、书法三项，皆可雄视千年。苏东坡更重要的贡献，是为中国文脉留下了一个快乐而可爱的人格形象。

回顾我们前面说过的文化巨匠，大多可敬有余，可爱不足。从屈原、司马迁到陶渊明，都是如此。他们的可敬毋庸置疑，但他们可爱吗？没有足够的资料可以证明。曹操太有威慑力，当然挨不到可爱的边儿。魏晋名士中有不少人应该是可爱的，但又过于怪异、过于固执、过于孤傲，我们可以欣赏他们的背影，却很难与他们随和地交朋友。到唐代，以李白为首的很多诗人一定可爱，但那时诗风浩荡，一切惊喜、感叹都凝聚成了众人瞩目的审美典范，而典范总会少了可爱。即便到了晚唐只描摹幽雅的私人心怀，也还缺少寻常形态。

谁知到宋代出了一个那么有体温、有表情的苏东坡，构成了一系列对比。不管是久远的历史、辽阔的天宇、个人的苦恼，到他笔下都有了一种美好的诚实，让读到的每个人都能产生感应。他不仅可爱，而且可亲，成了人人心中的兄长、老友。这种情况，在中国文学史上几乎绝无仅有。因此，苏东坡是珍罕的奇迹。

把苏东坡首屈一指的地位安顿妥当之后，宋代文学的排序，第二名是辛弃疾，第三名是陆游，第四名是李清照。

辛弃疾和陆游，除了前面所说的英雄主义气概之外，还表现出了一种品德高尚、怀才不遇、热爱生活的完整生命。这种生命，使兵荒马乱中的人心大地不至下堕。在孟子之后，他们又一次用自己的一生创建了"大丈夫"的造型。

李清照，则把东方女性在晚风细雨中的高雅憔悴写到了极致，而且已成为中国文脉中一种特殊格调，无人能敌。因她，中国文学有了一种贵族女性的气息。以前蔡琰曾写出过让人动容的女性呼号，但李清照不是呼号，只是气息，因此更有普遍价值。

李清照的气息，又具有让中国女性文学扬眉吐气的厚度。在民族灾难的前沿，她写下了"生当作人杰，死亦为鬼雄"的诗句，就其金石般的坚硬度而言，我还没有在其他文明的女诗人中找到可以比肩者。这说明，她既是中国文脉中的一种特殊格调，又没有离开基本格调。她离屈原，并不太远。

十三

在宋代几位一流的文学家中，辛弃疾是最后一个压阵之人。他在晚年曾勇敢地赶不少路去吊唁当时受贬的朱熹。朱熹比他大十岁，也算是同辈人。他在朱熹走后七年去世，一个时代的高层文化，就此垂暮。在我看来，这也许是我心中整个中国古典文脉的黄昏。

朱熹算不上文学家，我也不喜欢他重道轻文的观念。但是，观念归观念，这位杰出的哲学家对文学的审美感觉却是不错。哲学讲究梳理脉络，他在无意之中也对文脉做了点化，让人印象深刻。

朱熹说，学诗要从《诗经》和《离骚》开始。宋玉、司马相如等人"以浮华为尚，而无实之可言矣"。相比之下，汉魏之诗很好，但到了南朝的齐梁，就不对了。"齐梁间之诗，读之使人四肢皆懒慢不收拾。"这种论断，切中要害。

朱熹对古代乐府、陶渊明、李白、杜甫都有很好的评价。他认为陶渊明平淡中含豪放，而李白则有"清水出芙蓉，天然去雕饰"的自然美。对他自己所处的宋代，则肯定陆游的"诗人风致"。这些评价，都很到位。但是，他从理学家的思维出发，对韩愈、柳宗元、苏东坡、欧阳修的文学指责，显然是不太公平。他认为他们道之不纯，又有太多文人习气。

在他之后几十年，一个叫严羽的福建人写了一部《沧浪诗话》，正好与朱熹的观念完全对立。严羽认为诗歌的教化功能、才学功能、批判功能都不重要，重要的是吟咏性情、达到妙悟。他揭示的，其实就是文学超越理性和逻辑的特殊本质。由于他，中国文学在今后谈创作时，就会频频用到"不涉理路，不落言筌""羚羊挂角，无迹可求""透彻玲珑，不可凑泊""水中之月，镜中之像"等等词语，这是文学理论水准的一大提升。但是，他对同代文学家的评论，失度。

从朱熹和严羽，不能不追溯到前面提到过的《文心雕龙》《诗品》等理论著作。那是七百多年前的事了，我之所以没有认真介绍，是因为那是中国文论的起始状态，还在忙着为文学定位、分类、通论。当然这一切都是需要的，而《文心雕龙》在这方面确实也做得非常出色，但要建立一种需要对大量感性作品进行概括的理论，在唐朝开国之前八十多年就去世了的刘勰毕竟还缺少宏观对比的时间和范例。何况，南朝文风也不能不对概念的裁定带来局限，影响了理论力度。这只要比一比七百多年后那位玩遍了一切复杂概念的顶级哲学家朱熹，就会发现，真正高水准的理论表述，反倒是朴实而干净。

十四

李清照、陆游、辛弃疾、文天祥他们都认为，中国文脉将会随着大宋灭亡而断绝，蒙古马队的铁骑是中华文明覆灭的丧葬鼓点。但是，实际情况并非如此。

元代的诗歌、散文，确实不值一提。但是，中国文脉在元代却突然超常发达。那就是，中华文明几千年的一个重大缺漏，在这个不到百年的短暂朝代获得了完满弥补。这个被弥补的重大缺漏，就是戏剧。不管是古希腊悲剧还是古印度梵剧，都在两千五百多年前已经充分成熟。而中国，不仅孔子没看到过戏剧，连屈原、司马迁、曹操、李白、杜甫、苏东坡都没有看到过，这实在有点说不过去了。为什么会产生这种情况，而元代又为什么会改变，这是很复杂的课题，我在《中国戏剧史》一书中有系统探讨。有趣的是，既然中国错过了两千多年，照理追赶起来会非常困难，岂能料，不知从哪里冒出来关汉卿、王实甫、马致远、纪君祥等一大批文化天才合力创作的元杂剧。结果，正如后来王国维先生所说，中国可以立即在戏剧上与其他文明并肩而"毫无愧色"。

此时的中国文脉，在《窦娥冤》，在《望江亭》，在《救风尘》，在《西厢记》，在《赵氏孤儿》，在《汉宫秋》……

在这里，我和王国维先生一样，并不是从表演、唱腔着眼，而只是从文学上评价元杂剧。那些形象，那些故事，那些冲突，那些语言，以及它们的有机组合，在中国文学史和艺术史上几乎是空前的。

是不是绝后呢？还不好说。但是如果与明代的传奇——昆曲相比，昆曲虽然也出现了汤显祖这样的作家，写出了《牡丹亭》这样的作品，但放在元杂剧面前，却会在整体张力上略逊一筹。多数昆曲作品过于冗长、秾丽、滞缓、入套，缺少元杂剧那种活泼而爽利的悲欢。比《牡丹亭》低一等级的《桃花扇》《长生殿》又过于拘泥历史，减损了作为一种民间艺术的生命力。

至于清代后期勃发的京剧，唱腔很好，表演虽然没有戏迷们幻想的那么精彩，也算可以，而文学剧作，则完全不能细问。没有文学就只能展示演唱技能了，在整体上当然不能与元杂剧相提并论。

因此，中国文脉之于中国戏剧，如果以十分计，那么，大概是六分归元杂剧，三分归昆曲，一分归地方戏曲。京剧已经不是地方戏曲，如果不是从文学、而是从音乐唱腔着眼，它的地位就会不低。

由于元代的统治者是少数民族，一些本该退色的文化也就失去了官方支撑，因此比较彻底地挣脱了文词间的道统气、宫廷气、阿谀气、头巾气、腐儒气，为贴近自然的天籁式创造留出了空间。这种空间看似边缘，却很辽阔，足以伸展手脚。由此联想到同样产生于元代的那幅具有划时代意义的《富春山居图》。比之于宋代那些皇家画院里的宫廷画师，黄公望只是一个居无定所的流浪卜者，但是，即使把宋代所有宫廷画师的最好作品加在一起，也无法与他相比。

元杂剧的情况也是如此，我们哪怕是把后来京剧从慈禧太后开始给予的全部最高权力的扶持加在一起，也无法追赶元杂剧的依稀踪影。元杂剧即使衰落也像一个英雄，完成了生命过程便轰然倒下，拒绝有人以"振兴"的说法来做人工呼吸、打强心针。

一切需要刻意"振兴"的文化，都已经与文脉无关。而且，极有可能扰乱了文脉的自然进程。现在社会上经常有人忙着要把那些该由博物馆保护的文化遗产折腾到现实生活中来，而且动静很大，我就很想让他们听听元杂剧轰然倒地的壮美声响。

十五

明清两代五百四十余年，中国文脉严重衰弱。

我在给北京大学学生讲授中国文化史的时候指出，这五百多年，如果要找能与屈原、司马迁、陶渊明、李白、杜甫、苏东坡、关汉卿可以并肩站立的文化巨人，只有两个，一是明代的哲学家王阳明，二是清代的小说家曹雪芹。我们今天所说的文脉，范围要比我在北大讲的文化更小，王阳明不应列入其中，因此只剩下曹雪芹。

这真要顺着他说过的话，感叹一句：白茫茫一片大地真干净。

为什么会产生这么惊人的情况？

原因之一，是明清两代统治者实行的文化专制主义已发展到了文化恐怖主义（如"文字狱"）。这就必然毁灭文化创新，培养出大量的文化侍从、文化鹰犬、文化侏儒。当然也产生了一些文化叛逆者和思考者，但囿于时间和空间，叛逆和思考的程度都不深。有人把他们当作"启蒙主义者"，其实言之有过，因为并没有形成"被启蒙群体"。真是可称得上启蒙的，要等到近代的严复。

原因之二，是中国文脉的各个条块，都已在风华耗尽之后自然老化，进入萧瑟晚景。这是人类一切文化壮举由盛而衰的必然规律，无可奈何。文脉,从来不是一马平川的直线,而是由一组组抛物线组成。要想继续往前,必须大力改革,重整重组,从另一条抛物线的起点开始。但是明清两代,都不可能提供这种契机。

除了这两个原因外,从今天的宏观视野看去,还有一个对比上的原因。那就是在中国明代,欧洲终于从中世纪的漫长梦魇中醒了。而且由于睡得太久,因此醒得特别深刻。一醒之后,他们重新打量自己,然后精力充沛地开始奔跑。而中国文化,却因创建过太久的辉煌而自以为是。欧洲文艺复兴发生在中国的什么时候?我只须提供一个概念:米开朗琪罗只比王阳明小三岁。

明清两代五百年衰微中,只剩下两个光点,一是小说,二是戏剧。但明清戏剧我在前面已经作为元杂剧的对比者而约略提过,因此能说的只有小说了。

小说,习惯说"四大名著",即《三国演义》《水浒传》《西游记》《红楼梦》。我们中国人喜欢集体打包,其实这四部小说完全没有理由以相同的等级放在一起。

真正的杰作只有一部:《红楼梦》。其他三部,完全不能望其项背。

《三国演义》气势恢宏,故事密集。但是,按照陈旧的正统观念来划分人物正邪,有脸谱化倾向。《水浒传》好得多,有正义,有性格,白话文生动漂亮,叙事能力强,可惜众好汉上得梁山后便无法推进,成了一部无论在文学上还是精神上都是有头无尾的作品,甚为可惜。《西游记》是一部具有精神格局的寓言小说,整体文学品质高于上两部,可惜重复过多、套路过多,影响了精神力度。如果要把这三部小说排序,那么第一当是《西游记》,第二当是《水浒传》,第三当是《三国演义》。

这些小说,因为有民间传闻垫底,又有说书人的描述辅佐,流传极广。在流传过程中,《三国演义》的权谋哲学和《水浒传》的暴力哲学对民间有严重的负面影响，于今犹烈。

《红楼梦》则完全是另外一个天域的存在了。这部小说的高度也是世界性的，那就是：全方位地探寻人性美的存在状态和幻灭过程。

它为天地人生设置了一系列宏大而又残酷的悖论，最后都归之于具有哲思的巨大诗情。虽然达到了如此高度，但它的极具质感的白话叙事，竟能把一切不同水准、不同感悟的读者深深吸引。这又是世界上寥寥几部千古杰作的共同特性，但它又中国得不能再中国。

于是，一部《红楼梦》，慰抚了五百年的荒凉。

也许，辽阔的荒凉，正是为它开辟的仰望空间？

因此，中国文脉悚然一惊，猛然一抖，然后就在这片辽阔的空地上站住了，不再左顾右盼。

明清两代，也有人关注千年文脉。关注文脉之人，也就是被周围的荒凉吓坏了的人。

例如，明代李梦阳、何景明等"前七子"提出过"文必秦汉、诗必盛唐"的口号。他们还认为"今真诗乃在民间"，例如《西厢记》能与《离骚》相提并论。他们得出结论：各种文学的创建之初虽不精致但精神弥满，可谓"高格"，必须追寻、固守。这种观点，十分可喜。

清代的金圣叹则睥睨历史，把他喜欢的戏剧、小说，如《西厢记》《水浒传》，与《庄子》《离骚》《史记》和杜甫拉成一条线，构成了强烈的文脉意识。

明清两代在文脉旁侧稍可一提的，是"晚明小品"。在刻板中追求个性舒展，在道统下寻找性灵自由，虽是小东西，却开发了中国散文的韵致和情趣。这种散文，对后来五四新文化运动中白话美文的建立，起到了正面的滋养作用。新时代的文学改革者们不会喜欢清代桐城派的正统，更不会喜欢乾嘉骈文的回潮，为了展示日常文笔之美，便找到了隔代老师。当然，在精神上并非如此，闲情逸致无法对应大时代的风云。

与明代相比，清代倒有两位不错的诗人。一是前期的纳兰性德，以真切性灵写出很多佳句，让人想到即使李煜处于胜利时代也还会是一个伤感诗人；二是后期的龚自珍，让人惊讶在一个朝野破败的时代站出来的一位思想家居然还能写出这么多诗歌精品。但是，这两位诗人都遇到了太大的变动：纳兰性德脚下的民族土壤急速变动，龚自珍脚下的精神土壤急速变动，使他们的诗句一时找不到稳定的承载。他们的天分本该可以进入文脉，但文脉本身却在那个找不到价值坐标的年月仓皇停步了。

除了他们两位，我还要顺便提一笔个人爱好，那就是十八世纪只活了三十几岁的年轻诗人黄景仁。我认为二十世纪古体诗写得最好的郁达夫，就是受了他的影响。

十六

既然已经说到现代，那就顺着再说几句吧。

中国近、现代文学，成就较低。我前面刚说明清两代五百多年只出了两个一流文人，哲学家王阳明和小说家曹雪芹，那么，我必须紧接着说一句伤心话了：从近代到现代，偌大中国，没出过一个近似于王阳明的哲学家，也没有出过一个近似于曹雪芹的小说家。

一位友人对我说：感冒无药可治，因此世上感冒药最多；同样，中国近、现代文学成果寥落，因此研究队伍最大。研究队伍一大就必然出现夸张、伪饰、围诼、把玩的风尚，结果只能在社会上大幅度贬损文学的形象。一般正常的读者，已经不愿意光顾这个喧闹不已的小树林了。

说起来，中国现代文学的起点倒是可喜，那就是应顺中国文脉已经不能不转型的指令，成功示范并普及了白话文。由于几个主事者气格不俗，有效抵拒了中国文学中最能闻风而动、见隙而钻的骈俪、虚靡、炫学、装扮等旧习，选了朴实、通达一路，诚恳与国际接轨，与当代对话，一时文脉大振。但是，由于兵荒马乱、国运危殆、民生凋敝、颠沛流离，本来迫于国际压力所产生的改革思维，很快又被救亡思维替代，精神哲学让位给现实血火，文学和文化都很难拓展自身的主体性。结果，虽然大概念上的中华文明有幸免于崩溃，而文脉则散逸难寻。已经显出实力的鲁迅和沈从文都过早地结束了文学生涯，至于其他各种外来流派的匆忙试验，包括现实主义在内，即便流行，一时也没有抵达真正的"高格"。

现代作家之中，真正懂文脉的也是鲁迅。这倒不是从他的小说史，而是从他对屈原、司马迁和魏晋人物的评价中可以窥探。郭沫若应该也懂，但天生的诗人气质常常使他轻重失度、投情偏仄，影响了整体平正。

在学者中，对中国文脉的梳理做出明显贡献的，有梁启超、王国维和陈寅恪三人。本来胡适也应排列在内，但他作为一个优秀的大学者却缺少文学感悟能力，例如他那么成功地考证了《红楼梦》，却不知道这部小说的真正魅力在何处，因此对文脉总有一些隔阂。梁启超具有宏观的感悟能力，又留下了大量提纲挈领的表述；王国维对甲骨文、戏曲史、《红楼梦》的研究和《人间词话》的写作，处处高标独立；陈寅恪文史互证，对佛教文学、唐代和明清之际文学的研究十分精到。我本人对陈先生的最高评价，在他对唐中期分界为中国全部古代历史分界的论定。这三位中，成就最大的是王国维。可惜，这位真正的大学者只活到五十岁就自沉于北京颐和园昆明湖。

其他人文学者，即使学贯中西、记忆惊人，也都没有来得及对中国文化做出什么实质性的推动。须知，记忆性学问和创造性学问，毕竟是两回事。

现代既是如此荒瘠，那就不要在那里流浪太久了。

如果有年轻学生问我如何重新推进中国文脉，我的回答是：首先领略两种伟大——古代的伟大和国际的伟大，然后重建自己的人格，创造未来。

也就是说，每个试图把中国文脉接通到自己身上的年轻人，首先要从当代文化圈的吵嚷和装扮中逃出，滤净心胸，腾空而起，静静地遨游于从神话到《诗经》、屈原、司马迁、陶渊明、李白、杜甫、苏东坡、关汉卿、曹雪芹，以及其他文学星座的苍穹之中。然后，你就有可能成为这些星座的受光者、寄托者、企盼者。

中国文脉在今天，只有等待。

风雨天一阁

一

已经决定，明天去天一阁。

没有想到，这天晚上，台风袭来，暴雨如注，整个宁波城都在柔弱地颤抖。第二天上午来到天一阁时，只见大门内的前后天井、整个院子，全是一片汪洋。打落的树叶在水面上翻卷，重重砖墙间透出湿冷冷的阴气。

是宁波市文化局副局长裴明海先生陪我去的。看门的老人没想到局长会在这样的天气陪着客人前来，慌忙从清洁工人那里借来半高筒雨鞋要我们穿上，还递来两把雨伞。但是，院子里积水太深，才下脚，鞋筒已经进水，唯一的办法是干脆脱掉鞋子，挽起裤管蹚水进去。

本来浑身早已被风雨搅得冷飕飕的了，赤脚进水立即通体一阵寒噤。就这样，我和裴明海先生相扶相持，高一脚低一脚地向藏书楼走去。

我知道天一阁的分量，因此愿意接受上苍的这种安排，剥除斯文，剥除悠闲，脱下鞋子，卑躬屈膝，哆哆嗦嗦，恭敬朝拜。今天这里没有其他参观者，这个朝拜仪式显得既安静，又纯粹。

二

作为一个藏书楼，天一阁的分量已经远远超过它的实际功能。它是一个象征，象征意义之大，不是几句话所能说得清楚的。

人类成熟文明的传承，主要是靠文字。文字的选择和汇集，就成了书籍。如果没有书籍，那么，我们祖先再杰出的智慧、再动听的声音，也早已随风飘散，杳无踪影。大而言之，没有书籍，历史就失去了前后贯通的缆索，人群就失去了远近会聚的理由；小而言之，没有书籍，任何个体都很难超越庸常的五尺之躯，成为有视野、有见识、有智慧的人。

中国最早发明了纸和印刷术。书，已经具备了一切制作条件的书，照理应该大量出版、大量收藏、大量传播。但是，实际情况并不是这样，它遇到了太多太多的生死冤家。

例如，朝廷焚书。这是一些统治者为了实行思想专制而采取的野蛮手段。可叹的是，早在纸质书籍出现之前，焚书的传统已经形成，那时焚的是竹简、木牍、帛书。自秦始皇、李斯开头，隋炀帝、蔡京、秦桧、明成祖都有焚书之举，更不必说清代文字狱的毁书惨剧了。

又如，战乱毁书。中国历史上战火频频，逃难的人要烧书，占领的人也要烧书。史籍上出现过这样的记载：董卓之乱，毁书六千余车；西魏军攻破江陵时，一日之间焚书十四万卷；隋朝末年农民起义，焚书三十七万卷；唐朝末年农民起义，焚书八万卷……

再如，水火吞书。古代运书多用船只，汉末和唐初都发生过大批书籍倾覆在黄河中的事件。大水也一次次地淹没过很多藏书楼。比水灾更严重的是火灾，宋代崇文院的火灾，明代文渊阁的火灾，把皇家藏书烧成灰烬。至于私家藏书毁于火灾的，更是数不胜数。除水火之外，虫蛀、霉烂也是难于抵抗的自然因素，成为书的克星。

凡此种种，说明一本书要留存下来，非常不易。它是那样柔弱脆薄，而扑向它的灾难，一个个都是那么强大、那么凶猛、那么无可抵挡。

二百年的积存，可散之于一朝；三千里的搜聚，可焚之于一夕。这种情景，实在是文明命运的缩影。在血火刀兵的历史主题面前，文明几乎没有地位。在大批难民和兵丁之间，书籍的功用常常被这样描写："藉裂以为枕，爇火以为炊。"也就是说，书只是露宿时的垫枕、做饭时的柴火。要让它们保存于马蹄烽烟之间，几乎没有可能，除非，有几个坚毅文人的人格支撑。

说起来，皇家藏书比较容易，规模也大，但是，这种藏书除了明清时期编辑辞书时有用外，平日无法惠泽文人学士，几乎没有实际功能，又容易毁于改朝换代之际。因此，民间藏书就成了一种重要的文化传承方式。民间藏书，搜集十分艰难，又没有足够力量来抵挡多种灾祸，因此注定是一种悲剧行为。明知悲剧还勇往直前，这便是民间藏书家的人格力量。这种人格力量又不仅仅是他们的，而是一种希冀中华文明长久延续的伟大意愿，通过他们表现出来了。

天一阁，就是这种意愿的物态造型。在现存的古代藏书楼中，论时间之长，它是中国第一，也是亚洲第一。由于意大利有两座文艺复兴时代的藏书楼也保存下来了，比它早一些，因此它居于世界第三。

三

天一阁的创始人范钦，诞生于十六世纪初期。

如果要在世界坐标中作比较，那么，我们不妨知道：范钦出生的前两年，米开朗琪罗刚刚完成了雕塑《大卫》；范钦出生的同一年，达·芬奇完成了油画《蒙娜丽莎》。

范钦的一生，当然不可能像米开朗琪罗和达·芬奇那样踏出新时代的步伐，而只是展现了中国明代优秀文人的典型历程。他在很年轻的时候就通过一系列科举考试而做官，很快尝到了明代朝廷的诡谲风波。他是一个正直、负责、能干的官员，到任何一个地方做官都能打开一个局面，却又总是被牵涉到高层的人事争斗。我曾试图用最简明的语言概述一下他的仕途升沉，最后却只能放弃，因为那一个接一个的政治旋涡太奇怪，又太没有意义了。我感兴趣的只有这样几件事——

他曾经被诬告而"廷杖"入狱。廷杖是一种极度羞辱性的刑罚。在堂堂宫廷的午门之外，在众多官员的参观之下，他被麻布缚曳，脱去裤子，按在地上，满嘴泥土，重打三十六棍。受过这种刑罚，再加上几度受诬、几度昭雪，一个人的"心理筋骨"就会出现另一种模样。后来，他作为一个成功藏书家所表现出来的惊人意志和毅力，都与此有关。

他的仕途，由于奸臣的捉弄和其他原因，一直在频繁而远距离地滑动。在我的印象中，他做官的地方，至少有湖北、江西、广西、福建、云南、陕西等地，当然还要到北京任职，还要到宁波养老。大半个中国，被他摸了个遍。

在风尘仆仆的奔波中，他已开始搜集书籍，尤其是以地方志、政书、实录、历科试士录为主。当时的中国，经历过了文化上登峰造极的宋代，刻书、印书、藏书，在各地已经形成风气，无论是朝廷和地方府衙的藏书，书院、寺院的藏书，还是私人藏书，都相当丰富。这种整体气氛，使范钦有可能成为一个成熟的藏书家，而他的眼光和见识，又使他找到了自己的特殊地位。那就是，不必像别人藏书那样唯宋是瞻、唯古是拜，而是着眼当代，着眼社会资料，着眼散落各地而很快就会遗失的地方性文件。他的这种选择，使他成了中国历史上一名不可替代的藏书家。

一个杰出的藏书家不能只是收藏古代，后代研究者更迫切需要的，是他生存的时代和脚踩的土地，以及他在自己最真切的生态环境里做出的文化选择。

官，还是认认真真地做。朝廷的事，还是小心翼翼地对付。但是，作为一名文官，每到一地他不能不了解这个地方的文物典章、历史沿革、风土习俗，那就必须找书了。见到当地的官员缙绅，需要询问的事情大多也离不开这些内容。谈完正事，为了互表风雅，更会集中谈书，尤其是当地的文风书讯。平时巡视察访，又未免以斯文之地为重。这一切，大抵是古代文官的寻常生态，不同的是，范钦把书的事情做认真了。

一天公务，也许是审问了一宗大案，也许是理清了几笔财务，衙堂威仪，朝野礼数，不一而足。而他最感兴趣的，是差役悄悄递上的那个蓝布包袱，是袖中轻轻拈着的那份待购书目。他心里明白，这是公暇琐事、私人爱好，不能妨碍了朝廷正事。但是当他历尽宦海风浪终于退休之后就产生了疑惑：做官和藏书，究竟哪一项更重要？

我们站在几百年后远远看去则已经毫无疑惑：对范钦来说，藏书是他的生平主业，做官则是业余。

甚至可以说，历史要当时的中国出一个杰出的藏书家，于是把他放在一个颠覆九州的官位上来成全他。

范钦给了我们一种启发：一生都在忙碌的所谓公务和事业，很可能不是你对这个世界最主要的贡献；请密切留意你自己也觉得是不务正业却又很感兴趣的那些小事。

四

范钦对书的兴趣，显然已到了痴迷的程度。痴迷，带有一种非功利的盲目性。正是这种可爱的盲目性，使文化在应付实用之外还拥有大批忠诚的守护者，不倦地吟诵着。

痴迷是不讲理由的。中国历史上痴迷书籍的人很多，哪怕忍饥挨冻，也要在雪夜昏暗的灯光下手不释卷。这中间，因为喜欢书中的诗文而痴迷，那还不算真正的痴迷；不问书中的内容而痴迷，那就又上了一个等级。在这个等级上，只要听说是书，只要手指能触摸到薄薄的宣纸，就兴奋莫名、浑身舒畅。

我觉得范钦对书的痴迷，属于后一种。他本人的诗文，我把能找到的都找来读了，甚觉一般，因此不认为他会对书中的诗文有特殊的敏感。他所敏感的，只是书本身。

于是，只有他，而不是才情比他高的文学家，才有这么一股粗拙强硬的劲头，把藏书的事业做得那么大、那么好、那么久。

他在仕途上的历练，尤其是在工部具体负责各种宫府、器杖、城隍、坛庙的营造和修理的实践，使他把藏书当作了一项工程，这又是其他藏书家做不到的了。

不讲理由的痴迷，再加上工程师般的精细，这就使范钦成了范钦，天一阁成了天一阁。

五

藏书家遇到的真正麻烦大多是在身后。范钦面临的最大问题是如何把自己的意志行为变成一种不可动摇的家族遗传。不妨说，天一阁真正堪称悲壮的历史，开始于范钦死后。我不知道保住这座楼的使命对范氏家族来说，算是一种光耀门庭的荣幸，还是一场绵延久远的苦役。

范钦在退休归里之后，一方面用比从前更大的劲头搜集书籍，使藏书数量大大增加，一方面则冷静地观察着自己的儿子能不能继承这些藏书。

范钦有两个儿子：范大冲和范大潜。他对这两个儿子都不太满意，但比较之下还是觉得范大冲要好得多。他早就暗下决心，自己死后，什么财产都可以分，唯独这一楼的藏书却万万不可分。书一分，就不成气候，很快就会耗散。但是，所有的亲属都知道，自己毕生最大的财富是书，如果只给一个儿子，另一个儿子会怎么想？

范钦决定由大儿子范大冲单独继承全部藏书，同时把万两白银给予小儿子范大潜，作为他不分享藏书的代价。没想到，范大潜在父亲范钦去世前三个月先去世了，因此万两白银就由他的妻子陆氏分得。陆氏受人挑拨还想分书，后来还造成了一些麻烦，但是，"书不可分"已成了范钦的不二家法。

范大冲得到一楼藏书，虽然是父亲的毕生心血，江南的一大书薮，但实际上既不能变卖，又不能开放，完全是把一项沉重的义务扛到了自己肩上。父亲花费了万两白银来保全他承担这项义务的纯粹性，余下的钱财没有了，只能靠自己另行赚取，来苦苦支撑。

一五八五年的秋天，范钦在过完自己八十大寿后的第九天离开人世。藏书家在弥留之际一再打量着范大冲的眼睛，觉得自己实在是给儿子留下了一件骇人听闻的苦差事。他不知道儿子能不能坚持到最后，如果能，那么，孙子呢？孙子的后代呢？

他不敢想下去了。

一个再自信的人，也无法对自己的儿孙有过多的奢望。

他知道，自己没有理由让自己的后人一代代都做藏书家，但是如果他们不做，天一阁的命运将会如何？如果他们做了，其实也不是像自己一样的藏书家，而只是一个守楼人。

儿孙，书；书，儿孙……

范钦终于闭上了迷离的眼睛。

六

就这样，一场没完没了的接力赛开始了：多少年后，范大冲也会有遗嘱，范大冲的儿子又会有遗嘱……

家族传代，本身是一个不断分裂、异化、自立的生命过程，让后代接受一个需要终生投入的强硬指令，十分违背生命的自在状态。让几百年之后的后裔不经自身体验就来沿袭几百年前某位祖先的生命冲动，也难免有许多憋气的地方。不难想象，天一阁藏书楼对于许多范氏后代来说几乎成了一个宗教式的朝拜对象，只知要诚惶诚恐地维护和保存，却不知是为什么。

我可以肯定，此间埋藏着许多难以言状的心理悲剧和家族纷争。这个在藏书楼下生活了几百年的家族，非常值得同情。

后代子孙免不了会产生一种好奇，楼上究竟是什么样的呢？到底有哪些书，能不能借来看看？亲戚朋友更会频频相问，作为你们家族世代供奉的这个秘府，能不能让我们看上一眼呢？

范钦和他的继承者们早就预料到这种可能，而且预料藏书楼就会因为这种点滴可能而崩塌，因而已经预防在先。他们给家族制定了一个严格的处罚规则，处罚内容是当时视为最大屈辱的不许参加祭祖大典。因为这种处罚意味着在家族血统关系上亮出了"黄牌"，比杖责鞭笞之类还要严重。

处罚规则标明：子孙无故开门入阁者，罚不与祭三次；私领亲友入阁及擅开书橱者，罚不与祭一年；擅将藏书借出外房及他姓者，罚不与祭三年；因而典押事故者，除追惩外，永行摈逐，不得与祭。

在这里，不得不提到那个我每次想起都感到难过的故事了。据谢堃《春草堂集》记载，范钦去世后两百多年，宁波知府丘铁卿家里发生一件事情。他的内侄女是一个酷爱诗书的女子，听说天一阁藏书宏富，两百余年不蛀，全靠夹在书页中的芸草。她只想做一枚芸草，夹在书本之间。于是，她天天用丝线绣刺芸草，把自己的名字也改成了"绣芸"。

父母看她如此着迷，就请知府做媒，把她嫁给了范家后人。她原想做了范家的媳妇总可以登上天一阁了，不让看书也要看看芸草。但她哪里想到，范家有规矩，严格禁止妇女登楼。

由此，她悲怨成疾，抑郁而终。临死前，她连一个"书"字也不敢提，只对丈夫说："连一枚芸草也见不着，活着做甚？你如果心疼我，就把我葬在天一阁附近，我也可瞑目了！"

今天，当我抬起头来仰望天一阁这栋楼的时候，首先想到的是钱绣芸那抑郁的目光。在既缺少人文气息又没有婚姻自由的年代，一个女孩子想借着婚姻来多读一点书，其实是在以自己的脆弱生命与自己的文化渴求斡旋。她失败了，却让我非常感动。

七

从范氏家族的立场来看，不准登楼，不准看书，委实也出于无奈。只要开放一条小缝，终会裂成大缝。但是，永远地不准登楼、不准看书，这座藏书楼存在于世的意义又何在呢？这个问题，每每使范氏家族陷入困惑。

范氏家族规定，不管家族繁衍到何等程度，开阁门必得各房一致同意。阁门的钥匙和书橱的钥匙由各房分别掌管，组成一环也不可缺少的连环。如果有一房不到，就无法接触到任何藏书。

就在这时，传来消息，大学者黄宗羲先生想要登楼看书！这对范家各房无疑是一个震撼。

黄宗羲是"吾乡"余姚人，与范氏家族没有任何血缘关系，照理是不能登楼的。但无论如何，他是靠自己的人品、气节、学问而受到全国思想学术界深深钦佩的巨人，范氏家族也早有所闻。尽管当时的信息传播手段非常落后，但由于黄宗羲的行为举止实在是奇崛响亮，一次次在朝野之间造成非凡的轰动效应。他的父亲本是明末东林党重要人物，被魏忠贤宦官集团所杀，后来宦官集团受审，十九岁的黄宗羲在朝廷对质时，竟然义愤填膺地锥刺和痛殴漏网余党，后又追杀凶手，警告阮大铖，一时大快人心。清兵南下时他与两个弟弟在家乡组织数百人的子弟兵"世忠营"英勇抗清，抗清失败后便潜心学术，边著述边讲学，把民族道义、人格力量融化在学问中启世迪人，成为中国古代学术领域中第一流的思想家和历史学家。他在治学过程中已经到绍兴钮氏"世学楼"和祁氏"澹生堂"去读过书，现在终于想来叩天一阁之门了。他深知范氏家族的森严规矩，但他还是来了，时间是康熙十二年，即一六七三年。

出乎意料，范氏家族竟一致同意黄宗羲登楼，而且允许他细细地阅读楼上的全部藏书。黄宗羲长衣布鞋，悄然登楼了。铜锁在一具具打开，一六七三年成为天一阁历史上特别有光彩的一年。

黄宗羲在天一阁翻阅了全部藏书，把其中流通未广者编为书目，并另撰《天一阁藏书记》留世。由此，这座藏书楼便与一位大学者的名字联结起来，广为传播。

从此以后，天一阁有了一条可以向真正的大学者开放的新规矩，但这条规矩的执行还是十分苛严。在此后近两百年的时间内，获准登楼的大学者也仅有十余名，其中有万斯同、全祖望、钱大昕、袁枚、阮元、薛福成等。他们的名字，都上得了中国文化史。

这样一来，天一阁终于显现了本身的存在意义，尽管显现的机会是那样小。

直到乾隆决定编纂《四库全书》，天一阁的命运发生了重大变化。

乾隆谕旨各省采访遗书，要各藏书家，特别是江南的藏书家积极献书。天一阁进呈珍贵古籍六百余种，其中有九十六种被收录在《四库全书》中，有三百七十余种列入存目。乾隆非常感谢天一阁的贡献，多次褒扬奖赐，并授意新建的南北主要藏书楼都仿照天一阁的格局营建。

天一阁因此而大出其名，尽管上献的书籍大多数没有发还，但在国家级的"百科全书"中，在钦定的藏书楼中，都有了它的生命。我曾看到好些著作文章中称乾隆下令为《四库全书》献书是天一阁的一大浩劫，颇觉言之有过。连堂堂皇家编书都不得不大幅度地动用天一阁的珍藏，家族性的收藏变成了一种行政性的播扬，这证明天一阁获得了大成功，范钦获得了大成功。

八

天一阁终于走到了近代，这座古老的藏书楼开始了自己新的历险。

先是太平军进攻宁波时当地小偷趁乱拆墙偷书，然后当作废纸论斤卖给造纸作坊。曾有一人高价从作坊买去一批，却又遭大火焚毁。

这就成了天一阁此后命运的先兆，它现在遇到的问题已不是让不让某位学者上楼的问题了，竟然是窃贼和偷儿成了它最大的对手。

一九一四年，一个叫薛继渭的偷儿奇迹般地潜入书楼，白天无声无息，晚上动手偷书，每日只以所带枣子充饥，东墙外的河上有小船接运所偷书籍。这一次几乎把天一阁的一半珍贵书籍给偷走了，它们渐渐出现在上海的书铺里。

薛继渭的这次偷窃与太平天国时的那些小偷不同，不仅数量巨大、操作系统，而且最终与上海的书铺挂上了钩。近代都市的书商用这种办法来侵吞一个古老的藏书楼，我总觉得其中蕴涵着某种象征意义。

一架架书橱空了，钱绣芸小姐哀怨地仰望终身而未能上的楼板，黄宗羲先生小心翼翼地踩踏过的楼板，现在，只留下偷儿吐出的一大堆枣核在上面。

当时主持商务印书馆的张元济先生听说天一阁遭此浩劫，并得知有些书商正准备把天一阁藏本卖给外国人，便立即拨巨资抢救。他所购得的天一阁藏书，保存于东方图书馆的"涵芬楼"里。涵芬楼因有天一阁藏书的润泽而享誉文化界，当代不少文化大家都在那里汲取过营养。但是，众所周知，它最终竟又全部焚毁于日本侵略军的炸弹之下。

没有焚毁的，是天一阁本身。这幢楼像一位见过世面的老人，再大的灾难也承受得住。但它又不仅仅是承受，而是以满脸的哲思注视着一切后人，姓范的和不是姓范的，看得他们一次次低下头去又仰起头来。

只要自认是中华文化的后裔，总想对这幢老楼做点什么，而不忍让它全然沦为废墟。因此，二十世纪三十年代、五十年代、六十年代、八十年代，天一阁被一次次大规模地修缮和完善着。它，已经成为现代文化良知的见证。

登天一阁的楼梯时，我的脚步非常缓慢。我不断地问自己：你来了吗？你是哪一代的中国书生？

都江堰

一

一位年迈的老祖宗，没有成为挂在墙上的画像，没有成为写在书里的回忆，而是直到今天还在给后代挑水、送饭，这样的奇事你相信吗？

一匹千年前的骏马，没有成为泥土间的化石，没有成为古墓里的雕塑，而是直到今天还踯躅在家园四周的高坡上，守护着每一个清晨和夜晚，这样的奇事你相信吗？

当然无法相信。但是，由此出现了极其相似的第三个问题：

一个两千多年前的水利工程，没有成为西风残照下的废墟，没有成为考古学家们的难题，而是直到今天还一直执掌着亿万人的生计，这样的奇事你相信吗？

仍然无法相信，但它真的出现了。

它就是都江堰。

这是一个不大的工程，但我敢说，把它放在全人类文明奇迹的第一线，也毫无愧色。

世人皆知万里长城，其实细细想来，它比万里长城更激动人心。万里长城当然也非常伟大，展现了一个民族令人震惊的意志力。但是，万里长城的实际功能历来并不太大，而且早已废弛。都江堰则不同，有了它，旱涝无常的四川平原成了天府之国，每当中华民族有了重大灾难，天府之国总是沉着地提供庇护和濡养。有了它，才有历代贤臣良将的安顿和向往，才有唐宋诗人出川入川的千古华章。说得近一点，有了它，抗日战争时的中国才有一个比较稳定的后方。

它细细渗透，节节延伸，延伸的距离并不比万里长城短。或者说，它筑造了另一座万里长城。而一查履历，那座名声显赫的万里长城还是它的后辈。

二

我去都江堰之前，以为它只是一个水利工程罢了，不会有太大的游观价值。只是要去青城山玩，要路过灌县县城，它就在近旁，就乘便看一眼吧。因此，在灌县下车，心绪懒懒的，脚步散散的，在街上胡逛，一心只想看青城山。

七转八弯，从简朴的街市走进了一个草木茂盛的所在。脸面渐觉滋润，眼前愈显清朗，也没有谁指路，只是本能地向更滋润、更清朗的去处去。

忽然，天地间开始有些异常，一种隐隐然的骚动，一种还不太响却一定是非常响的声音，充斥周际。如地震前兆，如海啸将临，如山崩即至，浑身骤起一种莫名的紧张，又紧张得急于趋附。

不知是自己走去的还是被它吸去的，终于陡然一惊，我已站在伏龙观前——眼前，急流浩荡，大地震颤。

即便是站在海边礁石上，也没有像这里这样强烈地领受到水的魅力。海水是雍容大度的聚汇，聚汇得太多太深，茫茫一片，让人忘记它是切切实实的水、可掬可捧的水。这里的水却不同，要说多也不算太多，但股股叠叠都精神焕发，合在一起比赛着飞奔的力量，踊跃着喧嚣的生命。

这种比赛又极有规矩，奔着奔着，遇到江心的分水堤，刷地一下裁割为二，直蹿出去，两股水分别撞到了一道坚坝，立即乖乖地转身改向，再在另一道坚坝上撞一下，于是又根据筑坝者的指令来一番调整……

也许水流对自己的驯顺有点恼怒了，突然撒起野来，猛地翻卷咆哮，但越是这样越是显现出一种更壮丽的驯顺。已经咆哮到让人心魄俱夺，也没有一滴水溅错了方向。

水在这里，吃够了苦头，也出足了风头，就像一大拨翻越各种障碍的马拉松健儿，把最强悍的生命付之于规整、付之于企盼，付之于众目睽睽。

看云看雾看日出各有胜地，要看水，万不可忘了都江堰。

三

这一切，首先要归功于遥远的李冰。

四川有幸，中国有幸，公元前三世纪出现过一项并不惹人注目的任命：李冰任蜀郡守。

据我所知，这项任命与秦统一中国的宏图有关。本以为只有把四川作为一个富庶的根据地和出发地，才能从南线问鼎长江流域。然而，这项任命到了李冰那里，却从一个政治计划变成了一个生态计划。

他要做的事，是浚理，是消灾，是滋润，是灌溉。

他是郡守，手握一把长锸，站在滔滔江边，完成了一个"守"字的原始造型。

没有资料可以说明他作为郡守在其他方面的才能，但因为有过他，中国也就有了一种冰清玉洁的行政纲领。

中国后来官场的惯例，是把一批批杰出学者选拔为无所专攻的官僚，而李冰却因官位而成了一名实践科学家。

他当然没有在哪里学过水利。但是，以使命为学校，竭力钻研几载，他总结出治水三字经（"深淘滩，低作堰"）、八字真言（"遇湾截角，逢正抽心"），直到二十世纪仍是水利工程的圭臬。

他的这点学问，永远水汽淋漓。而比他年轻的很多典籍却早已风干，松脆得难以翻阅。

他没有料到，他治水的韬略很快被偷换成了治人的谋略。他没有料到，他想灌溉的沃土都将成为战场。他只知道，这个人种要想不灭绝，就必须要有清泉和米粮。

他大愚，又大智。他大拙，又大巧。他以田间老农的思维，进入了最清澈的人类学思考。

他未曾留下什么生平故事，只留下硬扎扎的水坝一座，让人们去猜详。

人们到这儿一次次纳闷：这是谁啊，死于两千年前，却明明还在指挥水流。站在江心的岗亭前，"你走这边，他走那边"的吆喝声、劝诫声、慰抚声，声声入耳。

李冰在世时已考虑事业的承续，命令自己的儿子做三个石人，镇于江间，测量水位。李冰逝世四百年后，也许三个石人已经损缺，汉代水官重造高及三米的"三神石人"以测量水位。这"三神石人"其中一尊，居然就是李冰的雕像。

这位汉代水官一定是承接了李冰的伟大精魂，竟敢把自己尊敬的祖师放在江中用于镇水测量。他懂得李冰的心意，唯有那里才是其最合适的岗位。

石像终于被岁月的淤泥掩埋。二十世纪七十年代出土时，有一尊石像头部已经残缺，手上还紧握着长锸。有人说，这是李冰的儿子。

即使不是，我仍然把他看成是李冰的儿子。一位现代女作家见到这尊塑像怦然心动——"没淤泥而蔼然含笑，断颈项而长锸在握"，她由此向现代官场衮衮诸公诘问：活着或死了，应该站在哪里？

出土的石像现正在伏龙观里展览。人们在轰鸣如雷的水声中向他们默默祭奠。在这里，我突然产生了对中国历史的某种乐观：只要李冰的精魂不散，李冰的儿子会代代繁衍。轰鸣的江水，便是至圣至善的遗言。

四

看到了一条横江索桥。桥很高，桥索由麻绳、竹篾编成。跨上去，桥身就猛烈摆动。越是犹豫进退，摆动就越大。

在这样高的地方偷看桥下，一定会神志慌乱。但这是索桥，到处漏空，由不得你不看。一看之下，先是惊吓，后是惊叹。

脚下的江流，从那么遥远的地方奔来，一派义无反顾的决绝势头，挟着寒风，吐着白沫，凌厉锐进。我站得这么高还能感觉到它的砭肤冷气，估计是从雪山赶来的吧。但是，再看桥的另一边，它硬是化作许多亮闪闪的河渠，一片慈眉善目。人对自然力的调理，居然做得这么爽利。如果人类做什么事都这么爽利，地球早已是另一副模样。

都江堰调理自然力的本事，被近旁的青城山做了哲学总结。

青城山是道教圣地，而道教是唯一在中国土生土长的大宗教。道教汲取了老子和庄子的哲学，把水作为教义的象征。水，看似柔顺无骨，却能变得气势滚滚，波涌浪叠，无比强大；看似无色无味，却能挥洒出茫茫绿野，累累硕果，万紫千红；看似自处低下，却能蒸腾九霄，为云为雨，为虹为霞……

看上去，是人在治水；实际上，却是人领悟了水，顺应了水，听从了水。只有这样，才能天人合一，无我无私，长生不老。

这便是道。

道之道，也就是水之道，天之道，生之道。因此也是李冰之道、都江堰之道。道无处不在，却在都江堰做了一次集中呈现。

因此，都江堰和青城山相邻而居，互相映衬，彼此佐证，成了研修中国哲学的最浓缩课堂。

那天我带着都江堰的浑身水汽，在青城山的山路上慢慢攀登。忽见一道观，进门小憩。道士认出了我，便铺纸研墨，要我留字。我当即写下了一副最朴素的对子：

> 拜水都江堰，
> 问道青城山。

我想，若能把"拜水"和"问道"这两件事当作一件事，那么，也就领悟了中华文化的一大秘密。

道士塔

一

莫高窟门外，有一条河。过河有一片空地，高高低低建着几座僧人圆寂塔。塔呈圆形，状近葫芦，外敷白色。我去时，有几座已经坍弛，还没有修复。只见塔心是一个个木桩，塔身全是黄土，垒在青砖基座上。夕阳西下，朔风凛冽，整个塔群十分凄凉。

有一座塔显得比较完整，大概是修建年代比较近吧。好在塔身有碑，移步一读，猛然一惊：它的主人，竟然就是那个王圆篆！

再小的个子，也能给沙漠留下长长的身影；再小的人物，也能让历史吐出重重的叹息。王圆篆既是小个子，又是小人物。我见过他的照片，穿着土布棉衣，目光呆滞，猥猥琐琐，是那个时代随处可以见到的一个中国平民。他原是湖北麻城的农民，在甘肃当过兵，后来为了谋生做了道士。几经转折，当了敦煌莫高窟的家。

莫高窟以佛教文化为主，怎么会让一个道士来当家？中国的民间信仰本来就是羼杂互融的，王圆篆几乎是个文盲，对道教并不专精，对佛教也不抵拒，却会主持宗教仪式，又会化缘募款，由他来管管这一片冷窟荒庙，也算正常。

但是，世间很多看起来很正常的现象常常掩盖着一个可怕的黑洞。

莫高窟的惊人蕴藏，使王圆箓这个守护者与守护对象之间产生了文化等级上的巨大的落差。这个落差，就是黑洞。

我曾读到潘絜兹先生和其他敦煌学专家写的一些书，其中记述了王道士的日常生活。他经常出去化缘，得到一些钱后，就找来一些很不高明的当地工匠，先用草刷蘸上石灰把精美的古代壁画刷去，再抡起铁锤把塑像打毁，用泥巴堆起灵官之类，因为他是道士。但他又想到这里毕竟是佛教场所，于是再让那些工匠用石灰把下寺的墙壁刷白，绘上唐代玄奘到西天取经的故事。他四处打量，觉得一个个洞窟太憋气了，便要工匠们把它们打通。大片的壁画很快灰飞烟灭，成了走道。做完这些事，他又去化缘，准备继续刷，继续砸，继续堆，继续画。

这些记述的语气都很平静，但我每次读到，脑海里也总像被刷了石灰一般，一片惨白。我几乎不会言动，眼前一直晃动着那些草刷和铁锤。

"住手！"我在心底呼喊，只见王道士转过脸来，满脸困惑不解。我甚至想低声下气地恳求他："请等一等，等一等……"但是等什么呢？我脑中依然一片惨白。

二

一九〇〇年六月二十二日（农历五月二十六日），王道士从一个姓杨的帮工那里得知，一处洞窟的墙壁里面好像是空的，里边可能还隐藏着一个洞穴。两人挖开一看，嗬，果然一个满满实实的藏经洞！

王道士完全不明白，此刻，他打开了一扇轰动世界的门户。一门永久性的学问，将靠着这个洞穴建立。无数才华横溢的学者，将为这个洞穴耗尽终生。而且，从这一天开始，他的实际地位已经直蹿而上，比世界上很多著名博物馆馆长还高。但是，他不知道，他不可能知道。

他随手拿了几个经卷到知县那里鉴定，知县又拿给其他官员看。官员中有些人知道一点轻重，建议运到省城，却又心疼运费，便要求原地封存。在这个过程中，消息已经传开，有些经卷已经流出，引起了在新疆的一些外国人士的注意。

当时，英国、德国、法国、俄国等列强，正在中国的西北地区进行着一场考古探险的大拼搏。这个态势，与它们瓜分整个中国的企图紧紧相连。因此，我们应该稍稍离开莫高窟一会儿，看一看全局。

就在王道士发现藏经洞的前几天，在北京，英、德、法、俄、美等外交使团又一次集体向清政府递交照会，要求严惩义和团。恰恰在王道士发现藏经洞的当天，列强决定联合出兵——这就是后来攻陷北京，迫使朝廷外逃，最终又迫使中国赔偿四亿五千万两白银的“八国联军”。

时间，怎么会这么巧？

好像是北京东交民巷外国使馆里的一个决定，立即刺痛了一个庞大机体的神经系统。于是，西北沙漠中一个洞穴的门，霎时打开了。

更巧的是，仅仅在几个月前，甲骨文也被发现了。

我想，藏经洞与甲骨文一样，最能体现一个民族的文化自信。因此，必须猛然出现在这个民族即将失去自信的时刻。

即使是巧合，也是一种伟大的巧合。

遗憾的是，中国学者不能像解读甲骨文一样解读藏经洞了，因为那里的经卷已被悄悄转移。

三

产生这个结果，是因为莫高窟里三个男人的见面。

第一个就是"主人"王圆箓，不多说了。

第二个是匈牙利人斯坦因，刚加入英国籍不久，此时受印度政府和大英博物馆指派，到中国的西北地区考古。他博学、刻苦、机敏、能干，其考古专业水准堪称世界一流，却又具有一个殖民主义者的文化傲慢。他精通七八种语言，却不懂中文，因此引出了第三个人——翻译蒋孝琬。

蒋孝琬长得清瘦文弱，湖南湘阴人。这个人是中国十九世纪后期出现的买办群体中的一个。这个群体在沟通两种文明的过程中常常备受心灵煎熬，又两面不讨好。我一直建议艺术家们在表现中国近代题材的时候不要放过这种桥梁式的悲剧性典范。但是，蒋孝琬好像是这个群体中的异类，他几乎没有感受任何心灵煎熬。

斯坦因到达新疆喀什时，发现聚集在那里的外国考古学家们有一个共识，就是千万不要与中国学者合作。理由是，中国学者一到关键时刻，例如，在关及文物所有权的当口上，总会在心底产生"华夷之防"的敏感，给外国人带来种种阻碍。但是，蒋孝琬完全不是这样，那些外国人告诉斯坦因："你只要带上了他，敦煌的事情一定成功。"

事实果然如此。从喀什到敦煌的漫长路途上，蒋孝琬一直在给斯坦因讲述中国官场和中国民间的行事方式。到了莫高窟，所有联络、刺探、劝说王圆箓的事，都是蒋孝琬在做。

王圆箓从一开始，就对斯坦因抱着一种警惕、躲闪、拒绝的态度。蒋孝琬蒙骗他说，斯坦因从印度过来，是要把当年玄奘取来的经送回原处去，为此还愿意付一些钱。

王圆箓像很多中国平民一样，对《西游记》里的西天取经故事既熟悉又崇拜，听蒋孝琬绘声绘色地一说，又看到斯坦因神情庄严地一次次焚香拜佛，竟然心有所动。因此，当蒋孝琬提出要先"借"几个"样本"看看时，王圆箓虽然迟疑、含糊了很久，但终于还是塞给了他几个经卷。

于是，又是蒋孝琬，连夜挑灯研读那几个经卷。他发现，那正巧是玄奘取来的经卷的译本。这几个经卷，明明是王圆箓随手取的，居然果真与玄奘有关。王圆箓激动地看着自己的手指，似乎听到了佛的旨意。洞穴的门，向斯坦因打开了。

当然，此后在经卷堆里逐页翻阅选择的，也是蒋孝琬，因为斯坦因本人不懂中文。

蒋孝琬在那些日日夜夜所做的事，也可以说成是一种重要的文化破读，因为这毕竟是千年文物与能够读懂它的人的第一次隆重相遇。而且，事实证明，蒋孝琬对中国传统文化有着广博的知识、不浅的根底。

那些寒冷的沙漠之夜，斯坦因和王圆箓都睡了，只有他在忙着。睡着的两方都不懂得这一堆堆纸页上的内容，只有他懂得，由他做出取舍裁断。

就这样，一场天下最不公平的"买卖"开始了。斯坦因用极少的钱，换取了中华文明长达好几个世纪的大量文物。而且由此形成惯例，各国冒险家们纷至沓来，满载而去。

有一天王圆箓觉得斯坦因实在要得太多了，就把部分挑出的文物又搬回到藏经洞。斯坦因要蒋孝琬去谈判，用四十块马蹄银换回那些文物。蒋孝琬谈判的结果，居然只花了四块就解决了问题。斯坦因立即赞扬他，说这是又一场"中英外交谈判"的胜利。

蒋孝琬一听，十分得意。我对他的这种得意有点厌恶。因为他应该知道，自从鸦片战争以来，所谓的"中英外交谈判"意味着什么。我并不奢望在他心底会对当时已经极其可怜的父母之邦产生一点点惭愧，而只是想，这种桥梁式的人物如果把一方河岸完全扒塌了，他们以后还能干什么？

由此我想，对那些日子莫高窟里的三个男人，我们还应该多看几眼。前面两个一直遭世人非议，而最后一个总是被轻轻放过。

比蒋孝琬更让我吃惊的是，近年来中国文化界有一些评论者一再宣称，斯坦因以考古学家的身份取走敦煌藏经洞的文物并没有错，是正大光明的事业，而像我这样耿耿于怀，却是"狭隘的民族主义"。

是"正大光明"吗？请看斯坦因自己的回忆：

> 深夜我听到了细微的脚步声，那是蒋在侦察，看是否有人在我的帐篷周围出现。一会儿他扛了一个大包回来，那里装有我今天白天挑出的一切东西。王道士鼓足勇气同意了我的请求，但条件很严格，除了我们三个外，不得让任何人得知这笔交易，哪怕是丝毫暗示。

从这种神态动作，你还看不出他们在做什么吗？

四

斯坦因终于取得了九千多个经卷、五百多幅绘画，打包装箱就花了整整七天时间。最后打成了二十九个大木箱，原先带来的那些骆驼和马匹不够用了，又雇来了五辆大车，每辆都拴上三匹马来拉。

那是一个黄昏，车队启动了。王圆箓站在路边，恭敬相送。斯坦因"购买"这二十九个大木箱的稀世文物，所支付给王圆箓的全部价钱，我一直不忍心写出来，此刻却不能不说一说了。那就是，三十英镑！但是，这点钱对王圆箓来说，毕竟比他平时到荒村野郊去化缘来的，多得多了。因此，他认为这位"斯大人"是"布施者"。

斯坦因向他招过手，抬起头来看看天色。

一位年轻诗人写道，斯坦因看到的，是凄艳的晚霞。那里，一个古老民族的伤口在流血。

我又想到了另一位年轻诗人的诗——他叫李晓桦，诗是写给下令火烧圆明园的额尔金勋爵的：

我好恨

恨我没早生一个世纪

使我能与你对视着站立在

阴森幽暗的古堡

晨光微露的旷野

要么我拾起你扔下的白手套

要么你接住我甩过去的剑

要么你我各乘一匹战马

远远离开遮天的帅旗

离开如云的战阵

决胜负于城下

对于斯坦因这些学者，这些诗句也许太硬。但是，除了这种办法，还有什么方式能阻拦他们呢?

我可以不带剑,也不骑马,只是伸出双手做出阻拦的动作,站在沙漠中间,站在他们车队的正对面。

满脸堆笑地走上前来的,一定是蒋孝琬。我扭头不理他,只是直视着斯坦因,要与他辩论。

我要告诉他,把世间文物统统拔离原生的土地,运到地球的另一端收藏展览,是文物和土地的双向失落、两败俱伤。我还要告诉他,借口别人管不好家产而占为己有,是一种掠夺……

我相信,也会有一种可能,尽管概率微乎其微——我的激情和逻辑终于压倒了斯坦因,于是车队果真被我拦了下来。

那么,接下来该怎么办呢?当然应该送缴京城。但当时,藏经洞文物不是也有一批送京的吗?其情景是,没有木箱,只用席子捆扎,沿途官员缙绅伸手进去就取走一把。有些官员还把大车赶进自己的院子里精挑细选,择优盗取。盗取后又怕到京后点数不符,便把长卷撕成几个短卷来凑数搪塞。

当然,更大的麻烦是,那时的中国处处军阀混战,北京更是乱成一团。在兵丁和难民的洪流中,谁也不知道脚下的土地明天将会插上哪家的军旗。几辆装载古代经卷的车,怎么才能通过?怎样才能到达?

那么,不如叫住斯坦因,还是让他拉到伦敦的博物馆里去吧。但我当然不会这么做。我知道斯坦因看出了我的难处,因为我发现,被迫留下了车队而离去的他,正一次次回头看我。

我假装没有看见,只用眼角余光默送他和蒋孝琬慢慢远去,终于消失在黛褐色的山丘后面。然后,我再回过身来。

长长一排车队,全都停在苍茫夜色里,由我掌管。但是,明天该去何方?

这里也难，那里也难，我左思右想，最后只能跪倒在沙漠里，大哭一场。

哭声，像一匹受伤的狼在黑夜里嗥叫。

五

一九四三年十月二十六日，八十二岁的斯坦因在阿富汗的喀布尔去世。

此时是中国抗日战争进行得最艰苦的日子。中国，又一次在生死关头被世人认知，也被自己认知。

在斯坦因去世的前一天，伦敦举行"中国日"活动，博物馆里的敦煌文物又一次引起热烈关注。

在斯坦因去世的同一天，中国历史学会在重庆成立。

我知道处于弥留之际的斯坦因不可能听到这两个消息。

有一件小事让我略感奇怪，那就是斯坦因的墓碑铭文：

马克·奥里尔·斯坦因

印度考古调查局成员

学者、探险家兼作家

通过极为困难的印度、中国新疆、波斯、伊拉克之行，扩展了知识领域

他平生带给西方世界最大的轰动是敦煌藏经洞，为什么在墓碑铭

文里故意回避了，只提"中国新疆"？敦煌并不在新疆，而是在甘肃。

我约略知道此间原因。那就是，他在莫高窟的所作所为，已经受到文明世界越来越严厉的谴责。

阿富汗的喀布尔，是斯坦因非常陌生的地方。整整四十年他一直想进去而未被允许，刚被允许进入，却什么也没有看到就离开了人世。

他被安葬在喀布尔郊区的一个外国基督教徒公墓里，但他的灵魂又怎么能安定下来？

直到今天，这里还备受着贫困、战乱和宗教极端主义的包围。而且，蔓延四周的宗教极端主义，正好与他信奉的宗教完全对立。小小的墓园，是那样孤独、荒凉和脆弱。

我想，他的灵魂最渴望的，是找一个黄昏，一个与他赶着车队离开时一样的黄昏，再潜回敦煌去看看。

如果真有这么一个黄昏，那么，他见了那座道士塔，会与王圆箓说什么呢？

我想，王圆箓不会向他抱怨什么，却会在他面前稍稍显得有点趾高气扬。因为道士塔前，天天游人如潮，虽然谁也没有投来过尊重的目光。而斯坦因的墓地前，永远阒寂无人。

至于另一个男人，那个蒋孝琬的坟墓在哪里，我就完全不知道了。有知道的朋友，能告诉我吗？

沙原隐泉

　　沙漠中也会有路的，但这儿没有。

　　远远看去，有几行歪歪扭扭的脚印。

　　顺着脚印走吧？不行，被人踩过了的地方反而松得难走。只能用自己的脚，去走一条新路。回头一看，为自己长长的脚印高兴。不知这行脚印，能保存多久？

　　挡眼是几座巨大的沙山。只能翻过它们，别无他途。上沙山实在是一项无比辛劳的苦役。刚刚踩实一脚，稍一用力，脚底就松松地下滑。用力越大，陷得越深，下滑也越加厉害。才踩几脚，已经气喘，不禁恼怒。

　　我在浙东山区长大，在幼童时已经能够欢快地翻越大山。累了，一使蛮劲，还能飞奔峰巅。这儿可万万使不得蛮劲。软软的细沙，也不硌脚，也不让你磕撞，只是款款地抹去你的全部气力。你越发疯，它越温柔，温柔得可恨至极。无奈，只能暂息雷霆之怒，把脚底放松，与它厮磨。

　　要腾腾腾地快步登山，那就不要到这儿来。有的是栈道，有的是石阶，千万人走过了的，还会有千万人走。只是，那儿不给你留下脚印——属于你自己的脚印。来了，那就认了吧，为沙漠行走者的公规，为这些美丽的脚印。

心气平和了，慢慢地爬。沙山的顶越看越高，爬多少它就高多少，简直像儿时追月。

已经担心今晚的栖宿。狠一狠心，不宿也罢，爬！再不理会那高远的目标了，何必自己惊吓自己。它总在的，看也在，不看也在，那么，看又何益？

还是转过头来打量一下自己已经走过的路吧。我竟然走了那么长，爬了那么高！脚印已像一条长不可及的绸带，平静而飘逸地画下了一条波动的曲线，曲线一端，紧系脚下。

完全是大手笔，不禁钦佩起自己来了。

不为那越来越高的山顶，只为这已经画下的曲线，爬。

不管能抵达哪儿，只为已耗下的生命，爬。

无论怎么说，我始终站在已走过的路的顶端——永久的顶端，不断浮动的顶端，自我的顶端，未曾后退的顶端。

沙山的顶端是次要的。爬，只管爬。

脚下突然平实，眼前突然空阔，怯怯地抬头四顾——山顶还是被我爬到了。

完全不必担心栖宿，西天的夕阳还十分灿烂。

夕阳下的绵绵沙山是无与伦比的天下美景。光与影以最畅直的线条进行分割，金黄和黛赭都纯净得毫无斑驳，像用一面巨大的筛子筛过了。日夜的风，把风脊、山坡塑成波荡，那是极其款曼平适的波，不含一丝涟纹。

于是，满眼皆是畅快，一天一地都被铺排得大大方方、明明净净。色彩单纯到了圣洁，气韵委和到了崇高。

为什么历代的僧人、信众、艺术家要偏偏选中沙漠沙山来倾注自己的信仰，建造了莫高窟、榆林窟和其他洞窟？站在这儿，我懂了。

我把自身的顶端与山的顶端合在一起，心中鸣起了天乐般的梵呗。

刚刚登上山脊时，已发现山脚下尚有异相，舍不得一眼看全。待放眼鸟瞰一过，此时才敢仔细端详。那分明是一湾清泉，横卧山底。

动用哪一个藻饰词，都会是对它的亵渎。只觉它来得莽撞，来得怪异，安安静静地躲藏在本不该有它的地方，让人的眼睛看了很久还不大能够适应。再年轻的旅行者，也会像慈父心疼女儿一样叫一声：这是什么地方，你怎么也跑来了！

是的，这无论如何不是它来的地方。要来，该来一道黄浊的激流，但它是这样清澈和宁谧。或者，来一个大一点的湖泊，但它是这样纤瘦和婉约。按它的品貌，该落脚在富春江畔、雁荡山间，或是从虎跑到九溪的树阴下。

漫天的飞沙，难道从未把它填塞？夜半的飓风，难道从未把它吸干？这里可曾出没过强盗的足迹，借它的甘泉赖以为生？这里可曾蜂聚过匪帮的马队，在它身边留下一片污浊？

我胡乱想着，随即又愁云满面。怎么走近它呢？我站立峰巅，它委身山底。向着它的峰坡，陡峭如削。此时此刻，刚才的攀登，全化成了悲哀。

向往峰巅，向往高度，结果峰巅只是一道刚能立足的狭地。不能横行，不能直走，只享一时俯视之乐，怎可长久驻足安坐？上已无路，下又艰难，我感到从未有过的孤独与惶恐。

世间真正温煦的美色，都熨帖着大地，潜伏在深谷。君临万物的高度，到头来只构成自我嘲弄。我已看出了它的讥谯，于是亟亟地来试探下削的陡坡。

人生真是艰难，不上高峰发现不了它，上了高峰又不能与它亲近。看来，注定要不断地上坡下坡、下坡上坡。

咬一咬牙，狠一狠心。总要出点事了，且把脖子缩紧，歪扭着脸上肌肉把脚伸下去。一脚，再一脚，整个骨骼都已准备好了一次重重的摔打。

然而，奇了，什么也没有发生。才两脚，已出溜下去好几米，又站得十分稳当。不前摔，也不后仰，一时变作了高加索山头上的普罗米修斯。

再稍用力，如入慢镜头，跨步若舞蹈，只十来下，就到了山底。

实在惊呆了：那么艰难地爬了几个时辰，下来只是几步！想想刚才伸脚时的悲壮决心，哑然失笑。康德说，滑稽是预期与后果的严重失衡，正恰是这种情景。

来不及多想康德了，呕呕向泉水奔去。

一湾不算太小，长可三四百步，中间最宽处相当一条中等河道。水面之下，漂动着丛丛水草，使水色绿得更浓。竟有三只玄身水鸭，轻浮其上，带出两翼长长的波纹。真不知它们如何飞越万里关山，找到这儿。水边有树，不少已虬根曲绕，该有数百岁高龄。

总之，一切清泉静池所应该有的，这儿都有了。至此，这湾泉水在我眼中又变成了独行侠——在荒漠的天地中，全靠一己之力，张罗出了一个可人的世界。

树后有一陋屋，正迟疑，步出一位老尼，手持悬项佛珠，满脸皱纹布得细密而宁静。

她告诉我，这儿本来有寺，毁于二十年前。我不能想象她的生活来源，讷讷地问，她指了指屋后一路，淡淡说：会有人送来。

我想问她的事情自然很多，例如，为何孤身一人长守此地？什么年岁初来这里？终是觉得对于佛家，这种追问过于钝拙，掩口作罢。目光又转向这脉静池，答案应该都在这里。

茫茫沙漠，滔滔流水，于世无奇。唯有大漠中如此一湾，风沙中如此一静，荒凉中如此一景，高坡后如此一跌，才深得天地之韵律、造化之机巧，让人神醉情驰。

以此推衍，人生、世界、历史，莫不如此。给浮嚣以宁静，给躁急以清冽，给高蹈以平实，给粗犷以明丽。唯其这样，人生才见灵动，世界才显精致，历史才有风韵。

因此，老尼的孤守不无道理。当她在陋室里听够了一整夜惊心动魄的风沙呼啸时，明晨，即可借明净的水色把耳根洗净。当她看够了泉水的湛绿时，抬头，即可望望灿烂的沙壁。

山，名为鸣沙山；泉，名为月牙泉。皆在敦煌县境内。

阳关雪

在中国古代，文官兼有文化身份和官场身份。在平日，自己和别人关注的大多是官场身份。但奇怪的是，当峨冠博带早已零落成泥，崇楼华堂也都沦为草泽之后，那一杆竹管毛笔偶尔涂画的诗文，却有可能镂刻山河、雕镂人心，永不漫漶。

我曾有缘，在黄昏的江船上仰望过白帝城，在浓冽的秋霜中登临过黄鹤楼，还在一个除夕的深夜摸到了寒山寺。我的周围人头济济，可以肯定，绝大多数人的心头，都回荡着那几首不必引述的古诗。

人们来寻景，更来寻诗。这些诗，他们在孩提时代就能背诵。孩子们的想象，诚恳而逼真。因此，这些城，这些楼，这些寺，早在心头自行搭建。

待到年长，当他们刚刚意识到有足够脚力的时候，也就给自己负上了一笔沉重的宿债，焦渴地企盼着对诗境实地的踏访，为童年，为想象，为无法言传的文化归属。

有时候，这种焦渴，简直就像对失落的故乡的寻找，对离散的亲人的查访。

文人的魔力，竟能把偌大一个世界的生僻角落，变成人人心中的故乡。他们薄薄的青衫里，究竟藏着什么法术呢？

今天，我冲着王维的那首《渭城曲》，去寻阳关了。出发前曾在下榻的县城向老者打听，回答是："路又远，也没什么好看的。这雪一时下不停，别去受这个苦了。"我向他鞠了一躬，转身钻进雪里。

一走出小小的县城，便是沙漠。除了茫茫一片雪白，什么也没有，连一个褶皱也找不到。在别地赶路，总要每一段为自己找一个目标，盯着一棵树，赶过去，然后再盯着一块石头，赶过去。在这里，睁疼了眼也看不见一个目标，哪怕是一片枯叶、一个黑点。于是，只好抬起头来看天。

从未见过这样完整的天，一点儿没有被吞食、被遮蔽，边沿全是挺展展的，紧扎扎地把大地罩了个严实。

有这样的地，天才叫天；有这样的天，地才叫地。在这样的天地中独个儿行走，侏儒也变成了巨人；在这样的天地中独个儿行走，巨人也变成了侏儒。

天竟晴了，风也停了，阳光很好。没想到沙漠中的雪化得这样快，才片刻，地上已见斑斑沙底，却不见湿痕。

天边渐渐飘出几缕烟迹，并不动，却在加深。疑惑半晌，才发现，那是刚刚化雪的山脊。

地上有一些奇怪的凹凸，越来越多，终于构成了一种令人惊骇的铺陈。我猜了很久，又走近前去蹲下身来仔细观看，最后得出结论：那全是远年的坟堆。

这里离县城已经很远，不大会成为城里人的丧葬之地。这些坟堆被风雪所蚀，因年岁而塌，枯瘦萧条，显然从未有人祭扫。它们为什么会有那么多，排列得又是那么密呢？只可能有一种理解：这里是古战场。

我在望不到边际的坟堆中茫然前行，心中浮现出艾略特的《荒原》。这里正是中华历史的荒原：如雨的马蹄，如雷的呐喊，如注的热血。

中原慈母的白发，江南春闺的遥望，湖湘稚儿的夜哭。故乡柳阴下的诀别，将军咆哮时的怒目，丢盔弃甲后的军旗。随着一阵烟尘，又一阵烟尘，都飘散远去。

我相信，死者临死时都是面向朔北敌阵的；我相信，他们又很想在最后一刻回过头来，给熟悉的土地投注一个目光。于是，他们扭曲地倒下了，化作沙堆一座座。

这繁星般的沙堆，不知有没有换来史官们的几行墨迹？堆积如山的中国史籍，写在这个荒原上的篇页还算是比较光彩的，因为这儿是历代王朝的边远地带，担负着保卫华夏疆域的使命。所以，这些沙堆还铺陈得较为自在，这些篇页也还能哗哗作响。就像眼下单调的土地一样，出现在这里的历史命题也比较单纯。在中原内地就不同了。那儿没有这么大大咧咧铺陈开来的坦诚，一切都在花草掩映中发闷，无数不知为何而死的冤魂，只能悲愤懊丧地深潜地底，使每片土地都疑窦重重。相比之下，这片荒原还算荣幸。

远处已有树影。疾步赶去，树下有水流，沙地也有了高低坡斜。登上一个坡，猛一抬头，看见不远的山峰上有荒落的土墩一座，我凭直觉确信，这便是阳关了。

树愈来愈多，开始有房舍出现。这是对的，重要关隘所在，屯扎兵马之地，不能没有这一些。转几个弯，再直上一道沙坡，爬到土墩底下，四处寻找，近旁正有一碑，上刻"阳关古址"四字。

这是一个俯瞰四野的制高点。西北风浩荡万里，直扑而来，踉跄几步，方才站住。脚是站住了，却分明听到自己牙齿打战的声音，鼻子一定是立即冻红了的。呵一口热气到手掌，捂住双耳用力蹦跳几下，才定下心来睁眼。

这儿的雪没有化，当然不会化。所谓古址，已经没有什么故迹，只有近处的烽火台还在，这就是刚才在下面看到的土墩。土墩已坍了大半，可以看见一层层泥沙，拌和着一层层苇草。苇草飘扬出来，在千年之后的寒风中抖动。

向前俯视，是西北的群山，都积着雪，直伸天际。我突然觉得自己是站在大海边的礁石上，那些山全是冰海冻浪。

王维的笔触实在是温厚。对于这么一个阳关，他仍然不露凌厉惊骇之色，而只是文静淡雅地写道："劝君更尽一杯酒，西出阳关无故人。"他瞟了一眼渭城客舍窗外青青的柳色，看了看友人已打点好的行囊，微笑着举起了酒壶——再来一杯吧，阳关之外，也许就找不到可以这样对饮畅谈的老朋友了。

这杯酒，友人一定是毫不推却、一饮而尽的。

这便是唐人风范。他们多半不会声声悲叹，执袂劝阻。他们的目光放得很远，他们的人生道路铺展得很广。告别是经常的，步履是放达的。这种神貌，在李白、高适、岑参那里，焕发得越加豪迈。由此联想到，在南北各地的古代造像中，唐人造像一看便可识认，形体那么健美，目光那么平静，笑容那么肯定，神采那么自信。

在欧洲看蒙娜丽莎的微笑，你立即就能感受，这种恬然的自信只属于那些真正从中世纪的梦魇中苏醒、对前路挺有把握的艺术家们。这些艺术家以多年的奋斗，执意要把微笑输送进历史的魂魄。而更早就具有这种微笑的唐代，却没有把它的自信延续久远。阳关的风雪，竟越见凄迷。

王维诗画皆称一绝，莱辛等西方哲人反复论述过的诗与画的界限，在他是可以随脚出入的。但是，长安的宫殿只为艺术家们开了一个狭小的边门，只允许他们以文化侍从的身份躬身而入。这里，不需要艺术闹出太大的人文局面，不需要对美有太深的人性寄托。

于是，九州的文风渐渐刻板。阳关，再也难以享用温醇的诗句。西出阳关的文人越来越少，只有陆游、辛弃疾等人一次次在梦中抵达，倾听着穿越沙漠冰河的马蹄声。但是，梦毕竟是梦，他们都在梦中死去。

即便是土墩、石城，也受不住见不到诗人的寂寞。阳关坍弛了，坍弛在一个民族的精神疆域中。它终成废墟，终成荒原。身后，沙坟如潮；身前，寒峰如浪。谁也不能想象，这儿，一千多年之前曾经验证过人生旅途的壮美、艺术情怀的宏广。

这儿应该有几声胡笳和羌笛的，如壮汉啸吟，与自然浑和，却夺人心魄。可惜它们后来都不再欢跃，成了兵士们心头的哀音。既然一个民族都不忍听闻，它们也就消失在朔风之中。

回去吧，时间已经不早，怕还要下雪。

黄州突围

一

这便是黄州赤壁，或者说是东坡赤壁。赭红色的陡坡直逼着浩荡大江，坡上有险道可供俯瞰，江面有小船可供仰望。

地方不大，但一俯一仰之间就有了气势，有了伟大与渺小的比照，有了时间和空间的倒错，因此也就有了冥思的价值。

苏东坡走过的地方很多，其中不少地方远比黄州美丽。但是，这个僻远的黄州却给了他巨大的惊喜和震动，他甚至把黄州当作他一生中最重要的人生驿站。这一切，决定于他来黄州的原因和心态。

他从监狱里走来，带着一个极小的官职，实际上以一个流放罪犯的身份走来。他带着官场和文坛泼给他的浑身脏水走来，他满心侥幸又满心绝望地走来。他被人押着，远离自己的家眷，没有资格选择黄州之外的任何一个地方，朝着这个当时还很荒凉的小镇走来。

他很疲倦，他很狼狈。出汴梁，过河南，渡淮河，进湖北，抵黄州。萧条的黄州没有给他预备任何住所，他只得在一所寺庙中住下。他擦一把脸，喘一口气，四周一片静寂，连一个朋友也没有。他闭上眼睛摇了摇头。

二

人们有时也许会傻想，像苏东坡这样让中国人共享千年的大文豪，应该是他所处的时代的无上骄傲，他周围的人一定会小心地珍惜他，虔诚地仰望他，总不愿意去找他的麻烦吧？

事实恰恰相反，越是超时代的文化名人，往往越不能相容于他所处的具体时代。中国世俗社会的机制非常奇特，它一方面愿意播扬和哄传一位文化名人的声誉，利用他、榨取他、引诱他，另一方面从本质上却把他视为异类，迟早会排拒他、糟践他、毁坏他。起哄式的传扬，转化为起哄式的贬损，两种起哄都起源于自卑而狡黠的觊觎心态，两种起哄都与健康的文化氛围南辕北辙。

苏东坡到黄州来之前正陷于一个被文学史家称为"乌台诗案"的案件中。这个案件的具体内容是特殊的，但集中反映了文化名人在中国社会中的普遍遭遇，很值得说一说。

为了不使读者把注意力耗费在案件的具体内容上，我们不妨先把案件的底交代出来。即便站在朝廷的立场上，这也完全是一个莫须有的可笑事件。一群大大小小的文化官僚硬说苏东坡在很多诗中流露了对政府的不满和不敬，方法是对他诗中的词句做上纲上线的诠释，搞了半天连神宗皇帝也不太相信——他在将信将疑之间，几乎不得已地判了苏东坡的罪。

在中国古代的皇帝中，宋神宗确实是不算坏的。在他内心并没有迫害苏东坡的任何企图，他深知苏东坡的才华。他的祖母光献太皇太后甚至竭力要保护苏东坡，而他又是尊重祖母的。在这种情况下，苏东坡不是非常安全吗？然而，完全不以神宗皇帝和太皇太后的意志为转移，名震九州、官居太守的苏东坡还是下了大狱。这一股强大而邪恶的力量，很值得研究。

使神宗皇帝动摇的，是突然之间批评苏东坡的言论几乎不约而同地聚合到了一起。他为了维护自己尊重舆论的形象，不能为苏东坡说话了。

那么，批评苏东坡的言论为什么会不约而同地聚合在一起呢？我想最简要的回答是他弟弟苏辙说的那句话："东坡何罪？独以名太高。"

他太出色、太响亮，能把四周的笔墨比得十分寒碜，能把同代的文人比得有点狼狈，于是引起一部分人酸溜溜的嫉恨，然后你一拳我一脚地糟践，这几乎是不可避免的。在这场可耻的围攻中，一些品格低劣的文人充当了急先锋。

例如，舒亶。

这人可称为"检举揭发专业户"，在揭发苏东坡的同时他还揭发了另一个人，那人正是以前推荐他做官的大恩人。这位大恩人给他写了一封信，拿了女婿的课业请他提意见、加以辅导。这本是朋友间正常的小事往来，没想到他竟然忘恩负义，给皇帝写了一封莫名其妙的检举揭发信，说我们两人都是官员，我又在舆论领域，他让我辅导他女婿总不大妥当。皇帝看了他的检举揭发信，也就降了那个人的职。这简直是翻版东郭先生和狼的故事。

就是这么一个让人恶心的人，与何正臣等人相呼应，写文章告诉皇帝，苏东坡到湖州上任后写给皇帝的感谢信中"有讥切时事之言"。苏东坡的这封感谢信皇帝早已看过，没发现问题；舒亶却"苦口婆心"地一款一款分析给皇帝听，苏东坡正在反您呢，反得可凶呢，而且已经反到了"流俗翕然，争相传诵，忠义之士，无不愤惋"的程度！"愤"是愤苏东坡，"惋"是惋皇上。有多少忠义之士在"愤惋"呢？他说是"无不"，也就是百分之百，无一遗漏。这种数量统计完全无法验证，却能使注重社会名声的神宗皇帝心头一咯噔。

又如，李定。

这是一个曾因母丧之后不服孝而引起人们唾骂的高官，他对苏东坡的攻击最凶。他归纳了苏东坡的许多罪名，但我仔细鉴别后发现，他特别关注的是苏东坡早年的贫寒出身、现今在文化界的地位和社会名声。这些都不能列入犯罪的范畴，但他似乎压抑不住地对这几点表示出最大的愤慨。

他说苏东坡"起于草野垢贱之余"，"初无学术，滥得时名"，"所为文辞，虽不中理，亦足以鼓动流俗"，如此等等。苏东坡的出身引起他的不服且不去说它，硬说苏东坡不学无术、文辞不好，实在使我惊讶不已。但他如果不这么说，也就无法断言苏东坡的社会名声是"滥得"。总而言之，李定的攻击在种种表层理由里边显然埋藏着一个最神秘的元素：妒忌。

无论如何，诋毁苏东坡的学问和文采毕竟是太愚蠢了，这在当时加不了苏东坡的罪，而在以后却成了千年笑柄。但是，妒忌一深就会失控，他只会找自己最痛恨的部位来攻击，已顾不得哪怕是装装样子的合理性了。

又如，王珪。

这是一个跋扈和虚伪的老人。他凭着资格和地位自认为文章天下第一，实际上他写诗作文绕来绕去都离不开"金玉锦绣"这些字眼，大家暗暗掩口而笑，他还自我感觉良好。现在，一个后起之秀苏东坡名震文坛，他当然要想尽一切办法来对付。

有一次他对皇帝说："苏东坡对皇上确实有二心。"皇帝问："何以见得？"他举出苏东坡一首写桧树的诗中有"蛰龙"二字为证。皇帝不解，说："诗人写桧树，和我有什么关系？"他说："写到了龙还不是写皇帝吗？"皇帝倒是头脑清醒，反驳道："未必，人家叫诸葛亮还叫卧龙呢！"

这个王珪用心如此低下，文章能好到哪儿去呢？更不必说与苏东坡来较量了。几缕白发有时能够冒充师长、掩饰邪恶，却欺骗不了历史。历史最终也没有因为年龄把他的名字排列在苏东坡的前面。

又如，李宜之。

这又是另一种特例。做着一个芝麻绿豆小官，在安徽灵璧县听说苏东坡以前为当地一个园林写的一篇园记中有劝人不必热衷于做官的词句，竟也写信向皇帝检举揭发。他在信中分析说，这种思想会使人们缺少进取心，也会影响取士。看来这位李宜之除了心术不正之外，智力也大成问题，你看他连诬陷的口子都找得不伦不类。但是，在没有理性法庭的情况下，再愚蠢的指控也能成立，因此这对散落全国各地的"李宜之"们构成了一个鼓励。

为什么档次这样低下的人也会挤进来围攻苏东坡？当代苏东坡研究者李一冰先生说得很好："他也来插上一手，无他，一个默默无闻的小官，若能参加一件扳倒名人的大事，足使自己增重。"

从某种意义上说，他的这种目的确实也部分地达到了。例如，我今天写这篇文章竟然还会写到李宜之这个名字，便完全是因为他参与了对苏东坡的围攻，否则他没有任何理由哪怕是被同一时代的人印写在印刷品里。

我的一些青年朋友根据他们对当今世俗心理的多方位体察，觉得李宜之这样的人未必是为了留名于历史，而是出于一种可称作"砸窗子"的恶作剧心理。晚上，一群孩子站在一座大楼前指指点点，看谁家的窗子亮就捡一块石子扔过去，谈不上什么目的，只图在几个小朋友中间出点风头而已。

我觉得我的青年朋友们把李宜之看得过于现代派，也过于城市化了。李宜之的行为主要出于一种政治投机，听说苏东坡有点麻烦，就把麻烦闹得大一点，反正对内不会负道义责任，对外不会负法律责任，乐得投井下石、撑顺风船。这样的人倒是没有胆量像李定、舒亶和王珪那样首先向一位文化名人发难，说不定前两天还在到处吹嘘在什么地方有幸见过苏东坡，硬把苏东坡说成是自己的朋友甚至老师呢。

又如——我真不想写出这个名字，但再一想又没有讳避的理由，还是写出来吧——沈括。这位在中国古代科技史上占有不小地位的著名科学家也因嫉妒而伤害过苏东坡，批评苏东坡的诗中有讥讽政府的倾向。如果他与苏东坡是政敌，那倒也罢了，问题是他们曾是好朋友，他所提到的诗句正是苏东坡与他分别时手录近作送给他留作纪念的。这实在有点不是味道了。历史学家们分析，这大概与皇帝在沈括面前说过苏东坡的好话有关，沈括心中产生了一种默默的对比。另一种可能是他深知王安石与苏东坡政见不同，他站到了王安石一边。但王安石毕竟是一个讲究人品的文化大师，重视过沈括，但最终却觉得沈括不可亲近。当然，不可亲近并不影响我们对沈括科学成就的肯定。

围攻者还有一些，我想，举出这几个也就差不多了，苏东坡突然陷入困境的原因已经可以大致看清，我们也领略了一组超越时空的中国式批评者的典型。他们中的任何一个人要单独搞倒苏东坡都是很难的，但是在社会上没有一种强大的反诽谤、反诬陷机制的情况下，一个人探头探脑的冒险会很容易地招来一堆凑热闹的人，于是七嘴八舌地组合成一种舆论。

苏东坡开始很不在意。有人偷偷告诉他，他的诗被检举揭发了，他先是一怔，后来还幽默地说："今后我的诗不愁皇帝看不到了。"但事态的发展却越来越不幽默，一〇七九年八月二十七日，朝廷派人到湖州的州衙来逮捕苏东坡。苏东坡事先得知风声，然而不知所措。

文人终究是文人。他完全不知道自己犯了什么罪，从来者气势汹汹的样子看，估计会被处死，他害怕了，躲在后屋里不敢出来。朋友说，躲着不是办法，人家已在前面等着了，要躲也躲不过。

正要出来，他又犹豫了：出来该穿什么服装呢？已经犯了罪，还能穿官服吗？朋友说，什么罪还不知道，还是穿官服吧。

苏东坡终于穿着官服出来了，朝廷派来的差官装模作样地半天不说话，故意要演一个压得人气都透不过来的场面出来。苏东坡越来越慌张，说：“我大概把朝廷惹恼了，看来总得死，请允许我回家与家人告别。”

差官说：“还不至于这样。”便叫两个差人用绳子捆扎了苏东坡，像驱赶鸡犬一样上路了。家人赶来，号啕大哭，湖州城的市民也在路边流泪。

长途押解，犹如一路示众。可惜当时几乎没有什么传播媒介，沿途百姓不认识这就是苏东坡。贫瘠而愚昧的国土上，绳子捆扎着一个世界级的伟大诗人，一步步行进。苏东坡在示众，整个民族在丢人。

全部遭遇还不知道半点起因。苏东坡只怕株连亲朋好友，在途经太湖和长江时几度想投水自杀，由于看守严密而未成。

当然也很可能成，那么，江湖淹没的将是一大截特别明丽的中华文明。文明的脆弱性就在这里，一步之差就会全盘改易。而把文明的代表者逼到这一步之差境地的则是一群小人。

一群小人能做成如此大事，只能归功于中国的独特国情。

小人牵着大师，大师牵着历史。小人顺手把绳索重重一抖，于是大师和历史全都成了罪孽的化身。一部中国文化史，有很长时间一直把诸多文化大师捆押在被告席上，而法官和原告大多是一群群挤眉弄眼的小人。

究竟是什么罪？审起来看！

怎么审？打！

一位官员曾关在同一监狱里，与苏东坡的牢房只有一墙之隔，他写诗道：

遥怜北户吴兴守，

诟辱通宵不忍闻。

通宵侮辱到了其他犯人也听不下去的地步，而侮辱的对象竟然就是苏东坡！

请允许我在这里把笔停一下。我相信一切文化良知都会在这里战栗。中国几千年间有几个像苏东坡那样可爱、高贵而有魅力的人呢？但可爱、高贵、魅力之类往往既构不成社会号召力也构不成自我卫护力，真正厉害的是邪恶、低贱、粗暴，它们几乎战无不胜、攻无不克、所向无敌。现在，苏东坡被它们抓在手里搓捏着——越是可爱、高贵、有魅力，搓捏得越起劲。

温和柔雅如林间清风、深谷白云的大文豪，面对这彻底陌生的语言系统和行为系统，不可能做任何像样的辩驳。他一定变得非常笨拙，无法调动起码的言辞，无法完成简单的逻辑推断。他在牢房里的应对，绝对比不过一个普通的盗贼。

因此，审问者们愤怒了，也高兴了：原来这么个大名人竟是草包一个！你平日的滔滔文辞被狗吃掉了？看你这副熊样还能写诗作词？纯粹是抄人家的吧！

接着就是轮番扑打，诗人用纯银般的嗓子哀号着，哀号到嘶哑。这本是一个只需要哀号的地方，你写那么美丽的诗就已荒唐透顶了，还不该打？打，打得你"淡妆浓抹"，打得你"乘风归去"，打得你"密州出猎"！

开始，苏东坡还试图拿点儿正常逻辑顶几句嘴。审问者咬定他的诗里有讥讽朝廷的意思，他说："我不敢有此心，不知什么人有此心，造出这种意思来。"一切诬陷者都喜欢把自己打扮成某种"险恶用心"

的发现者，苏东坡指出，他们不是发现者而是制造者，应该由他们自己来承担。

但是，苏东坡的这一思路招来了更凶猛的侮辱和折磨。当诬陷者和办案人完全合成一体、串成一气时，只能这样。

终于，苏东坡经受不住了，经受不住日复一日、通宵达旦的连续逼供。他想闭闭眼、喘口气，唯一的办法就是承认。于是，他以前的诗中有"道旁苦李"，是在说自己不被朝廷重视；诗中有"小人"字样，是讥刺当朝大人。特别是苏东坡在杭州做官时兴冲冲去看钱塘潮，回来写了咏弄潮儿的诗"吴儿生长狎涛渊"，据说竟是在影射皇帝兴修水利！

这种大胆联想，连苏东坡这位浪漫诗人都觉得实在不容易跳跃过去，因此在承认时还不容易"一步到位"。审问者有本事耗时间一点点逼过去，案卷记录上经常出现的句子是："逐次隐讳，不说情实，再勘方招。"苏东坡全招了，同时他也就知道自己必死无疑了。

他一心想着死。他觉得连累了家人，对不起老妻，又特别想念弟弟。他请一位善良的狱卒带了两首诗给苏辙，其中有这样的句子："是处青山可埋骨，他年夜雨独伤神。与君世世为兄弟，更结来生未了因。"

埋骨的地点，他希望是杭州西湖。

不是别的，是诗句，把他推上了死路。我不知道那些天他在铁窗里是否痛恨诗文。没想到，就在这时，隐隐约约地，一种散落四处的文化良知开始汇集起来了——他的读者们慢慢抬起了头，要说几句对得起自己内心的话了。

很多人不敢说，但毕竟还有勇敢者；他的朋友大多躲避了，但毕竟还有侠义人。

杭州的父老百姓想起他在当地做官时的种种美好行迹，在他入狱后公开做了解厄道场，求告神明保佑他。

狱卒梁成知道他是大文豪，在审问人员离开时尽力照顾他的生活，连每天晚上的洗脚热水都准备了。

他在朝中的朋友范镇、张方平不怕受到牵连，写信给皇帝，说他在文学上"实天下之奇才"，希望宽大。

他的政敌王安石的弟弟王安礼也仗义执言，对皇帝说，"自古大度之君，不以言语罪人"，如果严厉处罚了苏东坡，"恐后世谓陛下不能容才"。

最动情的是那位我们前文提到过的太皇太后，她病得奄奄一息，神宗皇帝想大赦犯人来为她求寿，她竟说："用不着去赦免天下的凶犯，放了苏东坡一人就够了！"

最直截了当的是当朝左相吴充，有次他与皇帝谈起曹操，皇帝对曹操评价不高。吴充立即接口说："曹操猜忌心那么重还容得下祢衡，陛下怎么容不下一个苏东坡呢？"

对这些人，不管是狱卒还是太皇太后，我们都要深深感谢。他们有意无意地在验证着文化的感召力。就连那盆洗脚水，也充满了文化的热度。

据王巩《甲申杂记》记载，那个带头诬陷、调查、审问苏东坡的李定，整日得意扬扬。有一天他与满朝官员一起在崇政殿的殿门外等候早朝时，向大家叙述审问苏东坡的情况。他说："苏东坡真是奇才，一二十年前的诗文，审问起来都记得清清楚楚！"

他以为，对这么一个哄传朝野的著名大案，一定会有不少官员感兴趣。但奇怪的是，他说了这番引逗别人提问的话之后，没有一个人搭腔，没有一个人提问，崇政殿外一片静默。

他有点慌神，故作感慨状，叹息几声，回应他的仍是一片静默。

这静默算不得抗争，也算不得舆论，但着实透着点儿高贵。相比之下，历来许多诬陷者周围常常会出现一些不负责任的热闹，以嘈杂助长了诬陷。

就在这种情势下，皇帝释放了苏东坡，将其贬谪黄州。黄州对苏东坡的重要性，不言而喻。

三

我很喜欢读林语堂先生的《苏东坡传》，但又觉得他把苏东坡在黄州的境遇和心态写得太理想了。其实，就我所知，苏东坡在黄州还是很凄苦的，优美的诗文是一种挣扎和超越。

苏东坡在黄州的生活状态，已在他自己写给李端叔的一封信中描述得非常清楚。

信中说：

> 得罪以来，深自闭塞，扁舟草履，放浪山水间，与樵渔杂处，往往为醉人所推骂，辄自喜渐不为人识。平生亲友，无一字见及，有书与之亦不答，自幸庶几免矣。

我初读这段话时十分震动，因为谁都知道苏东坡这个平素乐呵呵的大名人是有很多很多朋友的。日复一日的应酬，连篇累牍的唱和，几乎成了他生活的基本内容，他一半是为朋友们活着。但是，一旦出事，朋友们不仅不来信，而且也不回信了。

他们都知道苏东坡是被冤屈的，现在事情大体已经过去，却仍然不愿意写一两句哪怕是问候起居的安慰话。苏东坡那一封封用美妙绝伦、光照中国书法史的笔墨写成的信，千辛万苦地从黄州带出去，却换不回一丁点儿友谊的信息。

我相信这些朋友都不是坏人，但正因为不是坏人，更让我深长地叹息。

总而言之，原来的世界已在身边轰然消失，于是一代名士也就混迹于樵夫渔民间不被人认识。原本这很可能换来轻松，但他又觉得远处仍有无数双眼睛注视着自己，只能在寂寞中惶恐。即使这封无关宏旨的信，他也特别注明不要给别人看。

日常生活，在家人接来之前，大多是白天睡觉，晚上一个人出去溜达；见到淡淡的土酒也喝一杯，但绝不喝多，怕醉后失言。

他真的害怕了吗？也是也不是。他怕的是麻烦，而绝不怕大义凛然地为道义、为百姓，甚至为朝廷、为皇帝捐躯。他经过"乌台诗案"已经明白，一个人蒙受了诬陷即便是死也死不出一个道理来。

你找不到慷慨陈词的目标，你抓不住从容赴死的理由。你想做个义无反顾的英雄，不知怎么一来把你打扮成了小丑；你想做个坚贞不屈的烈士，闹来闹去却成了一个深深忏悔的俘虏。

无法洗刷，无处辩解，更不知如何来提出自己的抗议，发表自己的宣言。这确实很接近柏杨先生提出的"酱缸文化"，一旦跳在里边，怎么也抹不干净。

苏东坡怕的是这个，没有哪个高品位的文化人会不怕。但他的内心仍有无畏的一面，或者说灾难使他更无畏了。

他给李常的信中说：

> 吾侪虽老且穷，而道理贯心肝，忠义填骨髓，直须谈笑于死生之际……虽怀坎壈于时，遇事有可尊主泽民者，便忘躯为之，祸福得丧，付与造物。

这么真诚的勇敢，这么洒脱的情怀，出自天真了大半辈子的苏东坡笔下，是完全可以相信的。但是，让他在何处做这篇人生道义的大文章呢？没有地方，没有机会，没有观看者，也没有裁决者，只有一个把是非曲直、忠奸善恶染成一色的大酱缸。于是，苏东坡刚刚写了上面这几句，支颐一想，又立即加一句："此信看后烧毁。"

　　这是一种真正精神上的孤独无告。对于一个文化人，没有比这更痛苦的了。那阕著名的《卜算子》，用极美的意境道尽了这种精神遭遇：

　　　缺月挂疏桐，漏断人初静。谁见幽人独往来？缥缈孤鸿
　影。　　惊起却回头，有恨无人省。拣尽寒枝不肯栖，寂寞
　沙洲冷。

　　正是这种难言的孤独，使他彻底洗去了人生的喧闹，去寻找无言的山水，去寻找远逝的古人。在无法对话的地方寻找对话，于是对话也一定会变得异乎寻常。

　　像苏东坡这样的灵魂竟然寂静无声，那么，迟早会突然冒出一种宏大的奇迹，让这个世界大吃一惊。

　　然而，现在他即便写诗作文，也不会追求社会轰动了。他在寂寞中反省过去，觉得自己以前最大的毛病是才华外露、缺少自知之明。

　　他想，一段树木靠着瘿瘤取悦于人，一块石头靠着晕纹取悦于人，其实能拿来取悦于人的地方，恰恰正是它们的毛病所在，它们的正当用途绝不在这里。我苏东坡三十余年来想博得别人叫好的地方也大多是我的弱项所在。例如，从小为考科举学写政论、策论，后来更是津津乐道于考论历史是非、直言陈谏曲直。做了官以为自己真的很懂得这一套了，扬扬自得地炫耀，其实我又何尝懂呢？直到一下子面临死

亡才知道，我是在炫耀无知。三十多年来最大的弊病就在这里。现在终于明白了，到黄州的我是觉悟了的我，与以前的苏东坡是两个人。（参见《答李端叔书》）

苏东坡的这种自省，不是一种走向乖巧的心理调整，而是一种极其诚恳的自我剖析，目的是想找回一个真正的自己。他在无情地剥除自己身上每一点异己的成分，哪怕这些成分曾为他带来过官职、荣誉和名声。

他渐渐回归于清纯和空灵。在这一过程中，佛教帮了他大忙，使他习惯于淡泊和静定。艰苦的物质生活，又使他不得不亲自垦荒种地，体味着自然和生命的原始意味。

这一切，使苏东坡经历了一次整体意义上的脱胎换骨，也使他的艺术才情获得了一次蒸馏和升华。他，真正地成熟了——与古往今来许多大家一样，成熟于一场灾难之后，成熟于灭寂后的再生，成熟于穷乡僻壤，成熟于几乎没有人在他身边的时刻。

幸好，他还不年老，他在黄州期间是四十四岁至四十八岁，对一个男人来说，正是最重要的年月，今后还大有可为。中国历史上，许多人觉悟在过于苍老的暮年，刚要享用成熟所带来的恩惠，脚步却已踉跄蹒跚。与他们相比，苏东坡真是好命。

成熟是一种明亮而不刺眼的光辉，一种圆润而不腻耳的音响，一种不再需要对别人察言观色的从容，一种终于停止向周围申述求告的大气，一种不理会哄闹的微笑，一种洗刷了偏激的淡漠，一种无须声张的厚实，一种并不陡峭的高度。勃郁的豪情发过了酵，尖利的山风收住了劲，湍急的溪流汇成了湖，结果——

引导千古杰作的前奏已经鸣响，一道神秘的天光射向黄州，《念奴娇·赤壁怀古》和前、后《赤壁赋》马上就要产生。

山庄背影

一

我们这些人，对清代总有一种复杂的情感阻隔。记得很小的时候，历史老师讲到"扬州十日""嘉定三屠"时，眼含泪花，这是清代的开始；而讲到"火烧圆明园""戊戌变法"时又有泪花了，这是清代的尾声。年迈的老师一哭，孩子们也跟着哭。清代历史，是小学中唯一用眼泪浸润的课程。从小种下的怨恨，很难化解得开。

老人的眼泪和孩子们的眼泪拌和在一起，使这种历史情绪有了一种最世俗的力量。我小学的同学全是汉族，没有满族。因此很容易在课堂里获得一种共同语言，好像汉族理所当然是中国的主宰，你满族为什么要来抢夺呢？抢夺去了能够弄好倒也罢了，偏偏越弄越糟，最后几乎让外国人给瓜分了。于是，在闪闪泪光中，我们懂得了什么是汉奸、什么是卖国贼、什么是民族大义、什么是气节。我们似乎也知道了中国之所以落后于世界列强，关键就在于清代，而辛亥革命的启蒙者们重新点燃汉人对清朝的仇恨，提出"驱除鞑虏，恢复中华"的口号，又是多么有必要、多么让人解气。清朝终于被推翻了，但至今在很多中国人心里，它仍然是一种冤孽般的存在。

年长以后，我开始对这种情绪产生警惕。因为无数事实证明：在我们中国，许多情绪化的社会评判规范，虽然堂而皇之地传之久远，却包含着极大的不公正。我们缺少人类普遍意义上的价值启蒙，因此这些情绪化的社会评判规范大多是从封建正统观念引伸出来的，带有很大盲目性。先是姓氏正统论，刘汉、李唐、赵宋、朱明……在同一姓氏的传代系列中所出现的继承人，哪怕是昏君、懦夫、色鬼、守财奴、精神失常者，都是合法而合理的；而外姓人氏若有觊觎，即便有一千条一万条道理，也站不住脚，真伪、正邪、忠奸全由此划分。由姓氏正统论扩而大之，就是民族正统论。这种观念要比姓氏正统论复杂得多，你看辛亥革命的闯将们与封建主义的姓氏正统论势不两立，却也需要大声宣扬民族正统论，便是例证。

汉族当然非常伟大，没有理由要受到外族的屠杀和欺凌。问题是，不能由此而把汉族等同于中华，把中华历史的正义、光亮、希望全部压在汉族一边。与其他民族一样，汉族也有大量的污浊、昏聩和丑恶，它的统治者曾一再地把整个中国历史推入死胡同。在这种情况下，历史有可能做出超越汉族正统论的选择，而这种选择又未必是倒退。

为此，我要写写承德的避暑山庄。清代的史料成捆成扎，把这些留给历史学家吧，我们，只要轻手轻脚地绕到这个消夏的别墅里去偷看几眼也就够了。

二

承德的避暑山庄是清代皇家园林，又称热河行宫、承德离宫，虽然闻名史册，但久为禁苑，又地处塞外，历来光顾的人不多。我去时，找了山庄背后的一个旅馆住下。那时正是薄暮时分，我独个儿走出住所大门，对着眼前黑黝黝的山岭发呆。查过地图，这山岭便是避暑山庄北部的最后屏障，就像一张罗圈椅的椅背。在这张罗圈椅上，休息过一个疲惫的王朝。

奇怪的是，整个中华版图都已归属了这个王朝，为什么还要把这张休息的罗圈椅放到长城之外呢？清代的帝王们在这张椅子上面南而坐的时候都在想些什么呢？

月亮升起来了，眼前的山壁显得更加巍然怆然。北京的故宫把几个不同的朝代混杂在一起，谁的形象也看不真切；而在这里，远远地、静静地、纯纯地、悄悄地，躲开了中原王气，藏下了一个不羼杂的清代。它实在使我产生了一种巨大的诱惑，从第二天开始，我便一头埋到了山庄里边。

山庄很大，本来觉得北京的颐和园已经大得令人咋舌了，它竟比颐和园还大整整一倍，据说装下八九个北海公园是没有问题的。我想不出国内还有哪个古典园林能望其项背。山庄里面，除了前半部有层层叠叠的宫殿外，是开阔的湖区、平原区和山区。尤其是山区，几乎占了整个山庄的八成，这让游惯了别的园林的人很不习惯。园林是用来休闲的，何况是皇家园林，大多追求方便平适，有的也会堆几座小山装点一下。哪有像这儿的，硬是圈进莽莽苍苍一大片真正的山岭来消遣？这个格局，包含着一种需要我们抬头仰望、低头思索的审美观念和人生观念。

山庄里有很多楹联和石碑，上面的文字大多由皇帝们亲自撰写。他们当然想不到多少年后会有我们这些陌生人闯入他们的私家园林，来读这些文字。这些文字是他们写给后辈继承人看的。我踏着青苔和蔓草，辨识和解读着一切能找到的文字，连藏在山间树林中的石碑都不放过。一路走去，终于可以有把握地说：山庄的营造，完全出自一代政治家在精神上的强健。

首先是康熙。他是走了一条艰难而又成功的长途才走进山庄的，到这里来喘口气，应该。

他一生的艰难都是自找的。他的父辈本来已经给他打下了一个很完整的江山，他八岁即位，十四岁亲政，年纪轻轻一个孩子，坐享其成就是了，能在如此辽阔的疆土、如此兴盛的运势前做些什么呢？他稚气未脱的眼睛，竟然疑惑地盯上了两个庞然大物：一个是朝廷中最有权势的辅政大臣鳌拜，一个是自恃当初领清兵入关有功、拥兵自重于南方的吴三桂。平心而论，对于这样与自己的祖辈、父辈都有密切关系的重要政治势力，有几人能下得了决心去动手？但康熙却向他们，也向自己挑战了。他，十六岁上干净利落地除了鳌拜集团，二十岁开始向吴三桂开战，花八年时间的征战取得彻底胜利。

他等于把到手的江山重新打理了一遍，使自己从一个继承者变成了创业者。他成熟了，眼前几乎已经找不到什么对手，但他还是经常骑着马，在中国北方的山林草泽间徘徊。这是他祖辈崛起的所在，他在寻找着自己的生命和事业的依托点。

他每次都要经过长城。长城多年失修，已经破败。对着这堵历代帝王切切关心的城墙，他想了很多。他的祖辈是破长城进来的，没有吴三桂也绝对进得了，那么长城究竟有什么用呢？堂堂一个朝廷，难道就靠这些砖块去保卫？但是如果没有长城，我们的防线又在哪里呢？他思考的结果，可以从一六九一年他的一份上谕中看出个大概。

那年五月，古北口总兵官蔡元向朝廷提出，他所管辖的那一带长城"倾塌甚多，请行修筑"。康熙竟然不同意，他的上谕是：

秦筑长城以来，汉、唐、宋亦常修理，其时岂无边患？
明末我太祖统大兵长驱直入，诸路瓦解，皆莫能当。可见守国之道，唯在修德安民。民心悦则邦本得，而边境自固，所谓"众志成城"者是也。如古北、喜峰口一带，朕皆巡阅，概多损坏，今欲修之，兴工劳役，岂能无害百姓？且长城延袤数千里，养兵几何方能分守？

说得实在是很有道理。

康熙希望能筑起一座无形的长城。对此，他有硬的一手和软的一手。硬的一手是在长城外设立"木兰围场"，每年秋天，由皇帝亲自率领王公大臣、各级官兵一万余人去进行大规模的"围猎"，实际上是一种声势浩大的军事演习，这既可以使王公大臣们保持住勇猛、强悍的人生风范，又可顺便对北方边境起一个威慑作用。"木兰围场"既然设在长城之外的边远地带，离北京就很有一点距离，如此众多的朝廷要员前去秋猎，当然要建造一些大大小小的行宫，而热河行宫就是其中最大的一座。

软的一手是与北方边疆的各少数民族建立起一种常来常往的友好关系，他们的首领不必长途进京也能有与清廷交谊的场所。而且还为他们准备下各自的宗教场所，这也就需要有热河行宫和它周围的寺庙群了。

总之，软硬两手最后都汇集到这一座行宫、这一个山庄里来了，说是避暑，说是休息，意义却又远远不止于此。把复杂的政治目的转化为一片幽静闲适的园林、一圈香火缭绕的寺庙，这不能不说是康熙的大本事。

康熙几乎每年立秋之后都要到"木兰围场"参加一次为期二十天的秋猎，一生共参加了四十八次。每次围猎，情景都极为壮观。先由康熙选定逐年轮换的狩猎区域，然后就搭建一百七十多座大帐篷为"内城"、二百五十多座大帐篷为"外城"，城外再设警卫。第二天拂晓，八旗官兵在皇帝的统一督导下集结围拢。在上万官兵的齐声呐喊下，康熙一马当先，引弓射猎，每有所中便引来一片欢呼。然后，扈从大臣和各级将士也紧随康熙射猎。

康熙身强力壮，骑术高明，围猎时智勇双全，弓箭上的功夫更让王公大臣由衷惊服，因而他本人的猎获就很多。

晚上，营地上篝火处处，肉香飘荡，人笑马嘶，而康熙还必须回到帐篷里批阅每天疾驰送来的奏章文书。

康熙一生打过许多著名的仗，但在晚年，他最得意的还是自己打猎的成绩，因为这纯粹是他个人生命力的验证。一七一九年康熙自"木兰围场"行猎后返回避暑山庄时，曾兴致勃勃地告谕御前侍卫：

> 朕自幼至今用鸟枪弓矢获虎一百三十五，熊二十，豹二十五，猞猁狲十，麋鹿十四，狼九十六，野猪一百三十二，哨获之鹿数百，其余围场内随便射获诸兽不胜记矣。朕于一日内射兔三百一十八只，若庸常人毕世亦不能及此一日之数也。

这笔流水账，他说得很得意，我们读得也很高兴。身体的强健和精神的强健是连在一起的，须知中国历史上多的是病恹恹的皇帝，他们即便再"内秀"，却何以面对如此庞大的国家？

由于强健，他有足够的精力处理复杂的西藏事务和蒙古事务，解决治理黄河、淮河和疏通漕运等大问题，而且大多很有成效，功泽后世。由于强健，他还愿意勤奋地学习，结果不仅武功一流，"内秀"也十分了得，成为中国历代皇帝中特别有学问，也特别重视学问的一位。

谁能想得到呢，这位清朝帝王竟然比明代历朝皇帝更热爱汉族传统文化。大凡经、史、子、集、诗、书、音律，他都下过一番工夫，其中对朱熹哲学钻研最深。他亲自批点《资治通鉴纲目大全》，还下令访求遗散在民间的善本珍籍加以整理，大规模组织人力编辑出版了卷帙浩繁的《古今图书集成》和字典辞书，文化气魄铺地盖天。直到今天，我们研究中国古代文化还离不开那些重要的工具书。在他倡导的文化气氛下，涌现了一大批优秀的文史专家。在这一点上，很少有哪个年代能与康熙朝相比肩。

以上讲的还只是我们所说的"国学"，可能更让现代读者惊异的是他的"西学"。因为即使到了现代，在我们印象中，国学和西学虽然可以沟通，但在同一个人身上深谙两边的毕竟不多。然而早在三百年前，康熙皇帝竟然在北京故宫和承德避暑山庄认真研究了欧几里得几何学，经常演算习题，又学习了法国数学家巴蒂的《实用和理论几何学》，并比较它与欧几里得几何学的差别。他的老师是当时来中国的一批西方传教士，但后来他的演算比传教士还快。以数学为基础，康熙又进而学习了西方的天文、历法、物理、医学，与中国原有的这方面知识比较，取长补短。在自然科学问题上，中国官僚和外国传教士经常发生矛盾，康熙从不袒护中国官僚，也不主观臆断，而是靠自己认真学习，几乎每次都做出了公正的裁断。

这一切，居然与他所醉心的"国学"互不排斥，居然与他一天射猎三百一十八只野兔互不排斥，居然与他一连串重大的政治行为、军事行为、经济行为互不排斥！

我并不认为康熙给中国带来了根本性的希望，他的政权也做过不少坏事，如臭名昭著的文字狱之类。我想说的只是，在中国历代帝王中，这位少数民族出身的帝王具有异乎寻常的生命力，他的人格比较健全。

有时，个人的生命力和人格会给历史留下重重的印记。与他相比，明代的许多皇帝都活得太不像样了，鲁迅说他们是"无赖儿郎"，的确有点像。尤其让人生气的是明代万历皇帝（神宗）朱翊钧，在位四十八年，亲政三十八年，竟有二十五年时间躲在深宫之内不见外人的面，完全不理国事，连内阁首辅也见不到他，不知在干什么。他聚敛的金银如山似海，但当辽东起事、朝廷束手无策时问他要钱，他死也不肯拿出来，最后拿出一个无济于事的小零头，竟然都是因窖藏太久变黑发霉、腐蚀得不能见天日的银子！这是一个失去了人格支撑的心理变态者，但他又集权于一身，明朝怎能不垮？他死后还有后代继位，但明朝已在他的手里败定了。康熙与他正相反，把生命从深宫里释放出来，在旷野、猎场和各个知识领域挥洒，避暑山庄就是他这种生命方式的一个重要吐纳点。

三

康熙与晚明帝王的对比，避暑山庄与万历深宫的对比，当时的汉族知识分子当然也感受到了，心情比较复杂。

开始，大多数汉族知识分子都坚持抗清复明，甚至在赳赳武夫们纷纷掉头转向之后，一群柔弱的文人还宁死不屈。文人中也有一些著名的变节者，但他们往往也承受着深刻的心理矛盾和精神痛苦。

我想这便是文化的力量。一切军事争逐都是浮面的，而事情到了要摇撼某个文化生态系统的时候才会真正变得严重起来。

一个民族、一个国家、一个人种，其最终意义不是军事的、地域的、政治的，而是文化的。当时江南地区好几次重大的抗清事件，都起于"削发"之事，即汉人历来束发而清人强令削发，甚至到了"留头不留发，留发不留头"的地步。头发的样式看来事小，却关及文化生态。结果，是否"毁我衣冠"的问题成了"夷夏抗争"的最高爆发点。

这中间，最能把事情与整个文化系统联系起来的是文化人，最懂得文明和野蛮的差别，并把"鞑虏"与野蛮连在一起的也是文化人。老百姓的头发终于被削掉了，而不少文人还在拼死坚持。著名大学者刘宗周住在杭州，自清兵进杭州后便绝食，二十天后死亡；他的门生、另一位著名大学者黄宗羲投身于武装抗清行列，失败后回余姚家乡事母、著述；又一位著名大学者顾炎武，武装抗清失败后便开始流浪，谁也找不着他，最后终老陕西……这些宗师如此强硬，他们的门生和崇拜者们当然也多有追随。

但是，事情到了康熙那儿却发生了一些微妙的变化。文人们依然像朱耷笔下的秃鹰，以"天地为之一寒"的冷眼看着朝廷，而朝廷却奇怪地流泻出一种压抑不住的对汉文化的热忱。开始大家以为是一种笼络人心的策略，但从康熙身上看，好像不完全是。

他在讨伐吴三桂的战争还没有结束的时候，就迫不及待地下令各级官员以"崇儒重道"为目的，向朝廷推荐"学问兼优、文辞卓越"的士子，由他亲自主考录用，称作"博学鸿词科"。

这次被保荐、征召的共一百四十三人，后来录取了五人。其中有傅山、李颙等人被推荐了却宁死不应考。傅山被人推荐后又被强抬进北京，他见到"大清门"三字便滚倒在地，两泪直流。如此行动举止，康熙不仅不怪罪，反而免他考试，任命他为"中书舍人"。他回乡后不准别人以"中书舍人"称他，但这个时候说他对康熙本人还有多大仇恨，大概谈不上了。

李颙也是如此，受到推荐后称病拒考，被人抬到省城后竟以绝食相抗，众人只得作罢。这事发生在康熙十七年，康熙本人二十六岁。没想到二十五年后，五十余岁的康熙西巡时还记得这位强硬的学人，要召见他；李颙没有应召，但心里毕竟已经很过意不去了，派儿子李慎言做代表应召，并送自己的两部著作《四书反身录》和《二曲集》给康熙。这件事带有一定的象征性，表示最有抵触的汉族知识分子也开始与康熙和解了。

与李颙相比，黄宗羲是大人物了。康熙对黄宗羲更是礼仪有加，多次请黄宗羲出山未能如愿，便命令当地巡抚到黄宗羲家里，把黄宗羲写的书认真抄来，送入宫内以供自己拜读。这一来，黄宗羲也不能不有所感动。与李颙一样，自己出面终究不便，由儿子代理，黄宗羲让自己的儿子黄百家进入皇家修史部门，帮助完成康熙交下的修《明史》的任务。你看，即便是原先与清廷不共戴天的黄宗羲、李颙他们，也觉得儿子一辈可以在康熙手下好生过日子了。这不是变节，也不是妥协，而是一种文化生态意义上的开始认同。既然康熙对汉文化认同得那么诚恳，汉族文人为什么就完全不能与他认同呢？

黄宗羲不是让儿子参加康熙下令编写的《明史》吗？编《明史》这事给汉族知识界震动不小。康熙任命了大历史学家徐元文、万斯同、张玉书、王鸿绪等负责此事，要他们根据《明实录》如实编写，说"他书或以文章见长，独修史宜直书实事"。他还多次要大家仔细研究明代晚期破败的教训，引以为戒。汉族知识界要反清复明，而清廷君主竟然亲自领导着汉族的历史学家在冷静研究明代了。这种研究又高于反清复明者的思考水平，那么，对峙也就不能不渐渐化解了。《明史》后来成为整个二十四史中写得较好的一部，这是直到今天还要承认的事实。

当然，也还余留着几个坚持不肯认同的文人。例如，康熙时代浙江有个叫吕留良的学者，在著书和讲学中还一再强调孔子思想的精义是"尊王攘夷"。这个提法，在他死后被湖南一个叫曾静的落第书生看到了，很是激动，赶到浙江找到吕留良的儿子和学生几人，筹划反清。

这时康熙也早已过世，已是雍正年间，这群文人手下无一兵一卒，能干成什么事呢？他们打听到川陕总督岳钟琪是岳飞的后代，想来肯定能继承岳飞遗志来抗击外夷，就派人带给他一封策反的信，眼巴巴地请他起事。

这事说起来已经有点近乎笑话。岳飞抗金到那时已隔着整整一个元朝、整整一个明朝，清朝也已过了八九十年，算到岳钟琪身上都是多少代的事啦，居然还想着让他凭着一个"岳"字拍案而起，中国书生的昏愚和天真就在这里。

岳钟琪是清朝大官，做梦也没有想到过要反清，接信后虚假地应付了一下，却理所当然地报告了雍正皇帝。雍正下令逮捕了这个谋反集团，又亲自阅读了书信、著作，觉得其中有好些观点需要自己写文章来与汉族知识分子辩论。他认为有过康熙一代，已有足够的事实证明清代统治者并不差，可为什么还有人要对抗清廷？于是这位皇帝亲自编了一部《大义觉迷录》颁发各地，而且特免肇事者曾静等人的死罪，让他们专到江浙一带去宣讲。

雍正的《大义觉迷录》写得颇为诚恳。他的大意是：不错，我们是夷人，我们是"外国"人，但这是籍贯而已，天命要我们来抚育中原生民，被抚育者为什么还要把华、夷分开来看？你们所尊重的舜是东夷之人、文王是西夷之人，这难道有损于他们的圣德吗？吕留良这样著书立说的人，将前朝康熙皇帝的文治武功、赫赫盛德都加以隐匿和诬蔑，实在是不顾民生国运只泄私愤了。外族入主中原，可能反而勇于为善，如果著书立说的人只认为生在中原的君主不必修德行仁也可享有名分，而外族君主即便励精图治也得不到褒扬，外族君主为善之心也会因之而懈怠，受苦的不还是中原百姓吗？

雍正的这番话带着明显的委屈情绪，而且是给父亲康熙打抱不平，也真有一些动人的地方。但他的整体思维显然比不上康熙，口口声声说自己是"外国"人、"夷人"，在一些前提性的概念上把事情搞复杂了。他的儿子乾隆看出了这个毛病，即位后把《大义觉迷录》全部收回，列为禁书，杀了被雍正赦免的曾静等人，开始大兴文字狱。

除了华、夷之分的敏感点外，其他地方雍正倒是比较宽容、有度量，听得进忠臣贤士们的尖锐意见和建议，因此在执政的前期，做了不少好事，国运可称昌盛。这样一来，即便存有异念的少数汉族知识分子也不敢有什么想头，到后来也真没有什么想头了。其实本来这样的人已不可多觅，雍正和乾隆都把文章做过了头。真正第一流的大学者，在乾隆时代已经不想做反清复明的事情。

乾隆靠着人才济济的智力优势，靠着康熙、雍正给他奠定的丰厚基业，也靠着他本人的韬略雄才，做起了中国历史上福气最好的大皇帝。承德避暑山庄，他来得最多，总共逗留的时间很长，因此他的踪迹更是随处可见。乾隆也经常参加"木兰秋猎"，亲自射获的猎物也极为可观，但他的主要心思却放在边疆征战上，避暑山庄和周围的外八庙内记载这种征战成果的碑文极多。

这种征战与汉族的利益没有冲突，反而弘扬了中国的国威，连汉族知识界也引以为荣，甚至可以把乾隆看成是华夏圣君了。但我细看碑文之后却产生一个强烈的感觉：有的仗迫不得已，打打也可以，但多数战争的必要性深可怀疑——需要打得这么大吗？需要反复那么多次吗？需要杀得如此残酷吗？

好大喜功的乾隆把他的所谓"十全武功"雕刻在避暑山庄里乐滋滋地自我品尝，这使山庄回荡出一些燥热而又不祥的气氛。在满、汉文化对峙基本上结束之后，这里洋溢着的是中华帝国的自得情绪。

一七九三年九月十四日，一个英国使团来到避暑山庄，乾隆以盛宴欢迎，还在山庄的万树园内以大型歌舞和焰火晚会招待，避暑山庄一片热闹。英方的目的是希望乾隆同意他们派使臣常驻北京，在北京设立洋行，希望中国开放贸易口岸，在广州附近拨一些地方让英商居住，又希望英国货物在广州至澳门的内河流通时能获免税和减税的优惠。本来，这是可以谈判的事，但对于居住在避暑山庄、一生喜欢用武力炫耀华夏威仪的乾隆来说，却不存在任何谈判的可能。

他给英国国王写了信，信的标题是《赐英吉利国王敕书》。信内对一切要求全部拒绝，说："天朝尺土俱归版籍，疆址森然，即使岛屿沙洲，亦必划界分疆，各有专属"，"从无外人等在北京城开设货行之事"，"此与天朝体制不合，断不可行"。至今有人认为这几句话充满了爱国主义的凛然大义，与以后清廷签订的卖国条约不可同日而语。对此我实在不敢苟同。

本来康熙早在一六八四年就已开放海禁，在广东、福建、浙江、江苏分设四个海关欢迎外商来贸易。过了七十多年，乾隆反而关闭其他海关只许外商在广州贸易。外商在广州也有许多可笑的限制，例如，不准学说中国话、买中国书，不许坐轿，更不许把妇女带来，等等。我们闭目就能想象清廷对外国人的这些限制是出于何种心理规定出来的。

康熙向传教士学西方自然科学，关系不错，而乾隆却把天主教给禁了。

乾隆在避暑山庄训斥外国帝王的朗声言辞，在历史老人听来，不太顺耳了。这座园林已掺杂进某种凶兆。

四

我在山庄松云峡乾隆诗碑的西侧，读到了他儿子嘉庆写的一首诗。嘉庆即位后经过这里，看到父亲那些得意扬扬的诗作后不禁长叹一声：

父亲的诗真是深奥，而我这个做儿子的却实在觉得肩上的担子太重了！（"瞻题蕴精奥，守位重仔肩。"）

嘉庆一生都在面对内忧外患，最后不明不白地死在避暑山庄。

道光皇帝继嘉庆之位时已近四十岁，没有什么才能，只知艰苦朴素，穿的裤子还打过补丁。这对一国元首来说可不是什么佳话。朝中大臣竞相模仿，穿了破旧衣服上朝，一眼看去，这个朝廷已经没有多少气数了。

父亲死在避暑山庄，畏怯的道光也就不愿意去那里了，让它空关了几十年。他有时想想也该像祖宗一样去打一次猎，打听能不能不经过避暑山庄就可以到"木兰围场"，回答说没有别的道路，他也就不去打猎了。像他这么个可怜巴巴的皇帝，似乎本来就与山庄和打猎没有缘分；鸦片战争已经爆发，他忧愁的目光只能一直注视着南方。

避暑山庄一直关到一八六〇年九月，突然接到命令，咸丰皇帝要来，赶快打扫。咸丰这次来时带的银两特别多，原来是来逃难的，英法联军正威胁着北京。咸丰这一来就不走了，东走走西看看，庆幸祖辈留下这么个好地方让他躲避。他在这里又批准了好几份丧权辱国的条约，但签约后还是不走，直到一八六一年八月二十二日死在这儿，差不多住了近一年。

咸丰一死，避暑山庄热闹了好些天，各种政治势力围着遗体进行着明明暗暗的较量。一场被历史学家称为"辛酉政变"的行动方案在山庄的几间屋子里制订。然后，咸丰的灵柩向北京起运了，刚继位的小皇帝也出发了，浩浩荡荡。避暑山庄的大门，又一次紧紧地关住了。而在这支浩浩荡荡的队伍中间，很快站出来一个二十七岁的青年女子，她将统治中国数十年。

她就是慈禧，离开了山庄后再也没有回来。不久她又下了一道命令，说热河避暑山庄已经几十年不用，殿亭各宫多已倾圮，只是咸丰皇帝去时稍稍修治了一下，现在咸丰已逝，众人已走，"所有热河一切工程，着即停止"。

这个命令，与康熙不修长城的谕旨前后辉映。康熙的"长城"也终于倾塌了，荒草凄迷，暮鸦回翔，旧墙斑驳，霉苔处处，而大门却紧紧地关着。

关住了那些宫殿房舍倒也罢了，还关住了那么些苍郁的山、那么些晶亮的水。在康熙看来，这儿就是他心目中的清王朝，但清王朝把它丢弃了。被丢弃了的它可怜，丢弃了它的清王朝更可怜，连一把罗圈椅也坐不到了，恓恓惶惶，丧魂落魄。

后来慈禧在北京重修了一个颐和园，与避暑山庄"对峙"。塞外朔北的园林不会再有对峙的能力和兴趣，它似乎已属于另外一个时代。热河的雄风早已吹散，清朝从此阴气重重、劣迹斑斑。

当新的一个世纪来到的时候，一大群汉族知识分子向这个政权发出了毁灭性声讨。避暑山庄，在这个时候是一个邪恶的象征，老老实实躲在远处，尽量不要叫人发现。

五

清朝灭亡后，社会震荡，世事忙乱。直到一九二七年六月二日，大学者王国维先生在颐和园投水而死，才让全国的有心人肃然沉思。

王国维先生的死因众说纷纭，我们且不管它，只知道这位汉族文化大师拖着清代的一条辫子，自尽在清代的皇家园林里，遗嘱为"五十之年，只欠一死；经此世变，义无再辱"。

他不会不知道明末清初为汉族人是束发还是留辫之争曾发生过惊人的血案，他不会不知道刘宗周、黄宗羲、顾炎武这些大学者的慷慨行迹，他更不会不知道按照世界历史的进程，社会巨变乃属必然。但是，他还是死了。

我赞成陈寅恪先生的说法，王国维先生并不是死于政治斗争、人事纠葛，而是死于一种文化：

> 凡一种文化值衰落之时，为此文化所化之人，必感苦痛，其表现此文化之程量愈宏，则其所受之苦痛亦愈甚；迨既达极深之度，殆非出于自杀无以求一己之心安而义尽也。
>
> （《王观堂先生挽词并序》）

王国维先生实在无法把文化与清廷分割开来。在他的书架里，《古今图书集成》、《康熙字典》、《四库全书》、《红楼梦》、《桃花扇》、《长生殿》、乾嘉学派、纳兰性德都历历在目，每一本、每一页都无法分割。在他看来，在他身边陨灭的，不仅仅是一个政治意义上，而且更是一个文化意义上的古典时代。

他，只想留在古典时代。

我们记得，在康熙手下，汉族高层知识分子经过剧烈的心理挣扎已开始与朝廷建立文化认同，没有想到的是，当康熙的事业破败之后，文化认同还未消散。为此，宏才博学的王国维先生要以生命来祭奠它。他没有从心理挣扎中找到希望，死得可惜又死得必然。

知识分子总是不同寻常，他们总要在政治、军事的折腾之后表现出长久的文化韧性。文化变成了他们的生命，只有靠生命来拥抱文化了，别无他途。明末以后是这样，清末以后也是这样。

文化的极度脆弱和极度强大，都在王国维先生纵身投水的扑通声中呈现无遗。

王国维先生到颐和园这也还是第一次，是从一个同事处借了五元钱才去的。颐和园门票六角，死后口袋中尚余四元四角。他去不了承德，也推不开山庄紧闭的大门。

今天，我面对着避暑山庄的清澈湖水，却不能不想起王国维先生的面容和身影。我轻轻地叹息一声：一个风云数百年的朝代，总是以一群强者英武的雄姿开头，而打下最后一个句点的，却常常是一些文质彬彬的凄怨灵魂。

秋雨注：这篇文章发表于一九九三年，后来被中国评论界看成是全部"清宫电视剧"的肇始之文。"清宫电视剧"拍得不错，但整体历史观念与我有很大差别。我对清代宫廷的看法，可参见本人另一篇文章——《宁古塔》。

抱愧山西

一

十余年前的某一天，我在翻阅一堆史料的时候大吃一惊，便急速放下手上的其他工作，专心致志地研究起来。很长一段时间，我查检了一本又一本的书籍，阅读了一篇又一篇的文稿，终于将信将疑地接受了这样一个结论：在十九世纪乃至以前相当长的时期内，中国最富有的省份不是我们现在可以想象的那些地区，而竟是山西。直到本世纪初，山西仍是中国的金融贸易中心。北京、上海、广州、武汉等城市里那些比较像样的金融机构，最高总部大抵都在山西平遥县和太谷县几条寻常的街道间。这些大城市，只不过是腰缠万贯的山西商人小试身手的码头而已。

山西商人之富，有许多数字可以引证，本文不作经济史的专门阐述，姑且省略了吧。反正在清代全国商业领域，人数最多、资本最厚、散布最广的是山西人；每次全国性募捐，捐出银两数最大的是山西人；要在全国排出最富的家庭和个人，最前面的一大串名字大多也是山西人；甚至，在京城宣告歇业回乡的各路商家中，携带钱财最多的又是山西人。

按照我们往常的观念，富裕必然是少数人残酷剥削多数人的结果。

但事实是，山西商业的发达、豪富人家的消费，大大提高了所在地的就业幅度和整体生活水平。而那些大商人都是在千里万里间的金融流通过程中获利的，并不构成对当地人民的剥削。因此与全国相比，当时山西城镇民众的一般生活水平也不低。有一份材料有趣地说明了这个问题。一八二二年，文化思想家龚自珍在《西域置行省议》一文中提出了一个大胆的政治建议。他认为自乾隆末年以来，民风腐败，国运堪忧，城市中"不士、不农、不工、不商之人，十将五六"，因此建议把这种无业人员大批西迁，再把一些人多地少的省份如河北、河南、山东、陕西、江西、福建等地的民众大规模西迁，使之无产变为有产、无业变为有业。他觉得内地只有两个地方可以不考虑（"毋庸议"）西迁，一是江浙一带，那里的人民筋骨柔弱，吃不消长途跋涉；二是山西省：

山西号称海内最富，土著者不愿徒，毋庸议。

（《龚自珍全集》，上海人民出版社第一百零六页）

龚自珍这里所指的不仅仅是富商，而且也包括土生土长的山西百姓。

其实，细细回想起来，即便在我本人有限的见闻中，可以验证山西之富的信号也曾屡屡出现，可惜我把它们忽略了。例如，现在苏州有一个规模不小的"中国戏曲博物馆"，我多次陪外国艺术家去参观，几乎每次都让客人们惊叹不已。尤其是那个精妙绝伦的戏台和观剧场所，连贝聿铭这样的国际建筑大师都视为奇迹。但整个博物馆的原址却是"三晋会馆"，即山西人到苏州来做生意时的一个聚会场所。说起来苏州也算富庶繁华的了，没想到山西人轻轻松松来盖了一个会馆就把风光占尽。记得当时我也曾为此发了一阵呆，却没有往下细想。

又如，翻阅宋氏三姊妹的多种传记，总会读到宋蔼龄到丈夫孔祥熙家乡去的描写，于是知道孔祥熙这位国民政府的财政部长也正是从山西太谷县走出来的。美国人罗比·尤恩森写的那本传记中说："蔼龄坐在一顶十六个农民抬着的轿子里，孔祥熙则骑着马。但是，使这位新娘大为吃惊的是，在这次艰苦的旅行结束时，她发现了一种前所未闻的最奢侈的生活……因为一些重要的银行家住在太谷，所以这里常常称为'中国的华尔街'。"我初读这本传记时也曾经在这些段落间稍稍停留，却没有去琢磨让宋蔼龄这样的人物吃惊、被美国传记作家称为"中国的华尔街"，意味着什么。

看来，山西之富在我们上一辈人的心目中一定是常识，我们的误解完全是出于对历史的无知。在我们这一辈，产生这种误解的远不止我一人。

因此，好些年来，我一直小心翼翼地期待着一次山西之行。

二

我终于来到了山西。为了平定一下慌乱的心情，我先把一些著名的常规景点看完，最后再郑重其事地逼近我心里埋藏的那个大问号。

我的问号吸引了不少山西朋友，他们陪着我在太原一家家书店的角角落落寻找有关资料。黄鉴晖先生所著的《山西票号史》是我自己在一个书架的底层找到的，而那部洋洋一百二十余万言、包罗着大量账单报表的大开本《山西票号史料》则是一直为我开车的司机李文俊先生从一家书店的库房里"挖"出来的，连他也因每天听我在车上讲这讲那知道了我的需要。

待到资料搜集得差不多，我就在电视编导章文涛先生、歌唱家单秀荣女士等一批山西朋友的陪同下，驱车向平遥和祁县出发了。在山西最红火的年代，财富的中心并不在省会太原，而在平遥、祁县和太谷，其中又以平遥为最。

朋友们都笑着对我说，虽然全车除了我之外都是山西人，但这次旅行的向导应该是我，原因只在于我读过比较多的史料。

连"向导"也是第一次来，那么这种旅行自然也就成了一种寻找。

我知道，首先该找的是平遥西大街上中国第一家专营异地汇兑和存、放款业务的"票号"——大名鼎鼎的"日昇昌"的旧址。这是今天中国大地上各式银行的"乡下外祖父"。

听我说罢，大家就对西大街上每一个门庭仔细打量起来。

这一打量不要紧，才两三家，我们就已经被一种从未领略过的气势所压倒。这实在是一条神奇的街，精雅的屋宇接连不断，森然的高墙紧密呼应。经过一二百年的风风雨雨，处处已显出苍老，但风骨犹在，竟然没有太多的破败和潦倒。

街道并不宽，每个体面门庭的花岗岩门槛上都有两道很深的车辙印痕，可以想见当年这儿是如何车水马龙地热闹。这些车马来自全国各地乃至国境之外，驮载着金钱，驮载着风险，驮载着扬鞭千里的英武气，驮载着远方的风土人情和方言，驮载出一个南来北往经济血脉的大流畅。

西大街上每一个像样的门庭我们都走进去了，乍一看都像是气吞海内的日昇昌，仔细一打听又都不是。直到最后，看到平遥县文物局立的一块说明牌，才认定日昇昌的真正旧址。它被一个机关占用着，但房屋结构基本保持原样，甚至连当年的匾额楹联还静静地悬挂着。

我站在这个院子里凝神遥想：就是这儿，在几个聪明的山西人的指挥下，古老的中国终于有了一种大范围的异地货币汇兑机制，卸下了实银运送重担的商业流通，被激活了。

我知道，每一家被我们怀疑成日昇昌的门庭当时都在做着近似的文章，不是大票号就是大商行。如此密集的金融商业构架必然需要更大的城市服务系统来配套，其中包括旅馆业、餐饮业和娱乐业，当年平遥城会繁华到何等程度，约略可以想见。

我很想找山西省的哪个领导部门建议，下一个不大的决心，尽力恢复平遥西大街的原貌。

因为基本的建筑都还保存完好，只要洗去那些现代涂抹，便会洗出一条充满历史厚度的老街，洗出山西人上几个世纪的自豪。

恢复西大街后，如果力量允许，应该再设法恢复整个平遥古城。平遥的城墙、街道还基本完好，如果能恢复，就可以成为中国明清时代中小型城市的一个标本。

平遥西大街是当年山西商人的工作场所，那他们的生活场所又是怎么样的呢？离开平遥后我们来到了祁县的乔家大院，一踏进大门就立即理解了当年宋蔼龄女士在长途旅行后大吃一惊的原因。我到过全国各地的很多大宅深院，但一进这个宅院，记忆中的诸多名园便立即显得过于柔雅小气。万里驰骋收敛成一个宅院，宅院的无数飞檐又指向着无边无际的云天。钟鸣鼎食不是靠着先祖庇荫，而是靠着不断的创业，因此，这个宅院没有任何避世感、腐朽感或诡秘感，而是处处呈现出一代巨商的人生风采。

为此，我在阅读相关资料的时候经常抬起头来想象：创建了"海内最富"奇迹的人们，你们究竟是何等样人，是怎么走进历史又从历史中消失的呢？

我只在《山西票号史料》中看到过一幅模糊不清的照片：日昇昌票号门外，为了拍照，端然站立着两个白色衣衫的年长男人，仪态平静，似笑非笑。这就是你们吗？

三

山西平遥、祁县、太谷一带，自然条件并不好，没有太多的物产。经商的洪流从这里卷起，重要的原因恰恰在于这一带客观环境欠佳。

万历《汾州府志》卷二记载："平遥县地瘠薄，气刚劲，人多耕织少。"

乾隆《太谷县志》卷三说太谷县"民多而田少，竭丰年之谷，不足供两月。故耕种之外，咸善谋生，跋涉数千里，率以为常。土俗殷富，实由此焉。"

读了这些疏疏落落的官方记述，我不禁对山西商人深深地敬佩起来。

家乡那么贫困、那么拥挤，怎么办呢？可以你争我夺，蝇营狗苟；可以自甘潦倒，忍饥挨饿；可以埋首终身，聊以糊口；当然，也可以破门入户，抢掠造反。按照我们所熟悉的历史观，过去的一切贫困都出自政治原因，因此唯一值得称颂的道路只有让所有的农民都投入政治性的反抗。

但是，在山西的这几个县，竟然有这么多农民做出了完全不同于以上任何一条道路的选择。

他们不甘受苦，却又毫无政权欲望。他们感觉到了拥挤，却又不愿意倾轧乡亲同胞。他们不相信不劳而获，却又不愿将一生的汗水都向一块狭小的泥土上灌浇。

他们把迷惘的目光投向家乡之外的辽阔天地，试图用一个男子汉的强韧筋骨走出另外一条摆脱贫困的大道。他们多数没有多少文化，却向中国传统的文化观念，提供了一些另类思考。

他们首先选择的，正是"走西口"。口外，驻防军、垦殖者和游牧者需要大量的生活用品，塞北的毛皮又吸引着内地的贵胄之家，商事往返一出现，还呼唤出大量旅舍、客店、饭庄……总而言之，口外确实能创造出很大的生命空间。

自明代"承包军需"和"茶马互市"，很多先驱者已经做出了出关远行的榜样。从清代前期开始，山西农民"走西口"的队伍越来越大，于是我们都听到过的那首民歌也就响起在许多村口、路边：

> 哥哥你走西口，
> 小妹妹我实在难留。
> 手拉着哥哥的手，
> 送哥送到大门口。
>
> 哥哥你走西口，
> 小妹妹我有话儿留：
> 走路要走大路口，
> 人马多来解忧愁。
>
> 紧紧拉着哥哥的手，
> 汪汪泪水扑沥沥地流。
> 只恨妹妹我不能跟你一起走，

只盼哥哥早回家门口。

……

我怀疑，我们以前对这首民歌的理解过于肤浅了。我怀疑，我们直到今天也未必有理由用怜悯的目光去俯视这一对对年轻夫妻的离别。

听听这些多情的歌词就可明白，远行的男子在家乡并不孤苦伶仃。他们不管是否成家，都有一份强烈的爱恋，都有一个足可生死与之的伴侣。他们本可过一种艰辛而温馨的日子了此一生，但他们还是狠狠心踏出了家门。他们的恋人竟然也都能理解，把绵绵的恋情从小屋里释放出来，交付给朔北大漠。

哭是哭了，唱是唱了，走还是走了。我相信，那些多情女子在大路边滴下的眼泪，为山西终成"海内最富"的局面播下了最初的种子。

这不是臆想。你看乾隆初年山西"走西口"的队伍中，正挤着一个来自祁县乔家堡村的贫苦的青年农民，他叫乔贵发，来到口外一家小当铺里当了伙计。就是这个青年农民，开创了乔家大院的最初家业。

乔贵发和他后代所开设的"复盛公"商号，奠定了整整一个包头市的商业基础，以至出现了这样一句广泛流传的民谚："先有复盛公，后有包头城。"

谁能想到，那一个个擦一把眼泪便匆忙向口外走去的青年农民，竟然有可能成为一座偌大的城市、一种宏伟的文明的缔造者！因此，当我看到山西电视台拍摄的专题片《走西口》以大气磅礴的交响乐来演奏这首民歌时，不禁热泪盈眶。

山西人经商当然不仅仅是"走西口"，到后来，他们东南西北几乎无所不往了。由"走西口"到闯荡全中国，多少山西人一生都颠簸在漫漫长途中。当时交通落后、邮递不便，其间的辛劳和酸楚也实在是说不完。一个成功者背后隐藏着无数的失败者，在宏大的财富积累后面，山西人付出了极其昂贵的人生代价。黄鉴晖先生曾经记述过乾隆年间一些山西远行者的辛酸故事：

临汾县有一个叫田树楷的人，从小没有见过父亲的面，他出生的时候父亲就在外面经商，一直到他长大，父亲还没有回来。他依稀听说，父亲走的是西北一路，因此就下了一个大决心，到陕西、甘肃一带苦苦寻找、打听。整整找了三年，最后在酒泉街头遇到一个山西老人，竟是他的父亲。

阳曲县的商人张瑛外出做生意，整整二十年没能回家。他的大儿子张廷材听说他可能在宣府，便去寻找他，但张廷材去了多年也没有了音信。小儿子张廷桢长大了再去找父亲和哥哥，找了一年多没有找到，盘缠用完了，成了乞丐。在行乞时他遇见一个农民，似曾相识，仔细一看竟是哥哥。哥哥告诉他，父亲的消息已经打听到了，在张家口卖菜。

交城县徐学颜的父亲远行关东做生意二十余年杳无音信。徐学颜长途跋涉到关东寻找，一直找到吉林省东北端的一个村庄，才遇到一个乡亲。乡亲告诉他，他父亲早已死了七年。

……

不难想象，这一类真实的故事可以没完没了地讲下去，一切"走西口"、闯全国的山西商人，心头都埋藏着无数这样的故事。于是，年轻恋人的歌声更加凄楚了：

> 哥哥你走西口，
> 小妹妹我苦在心头，
> 这一去要多少时候，
> 盼你也要白了头！

被那么多失败者的故事重压着，被恋人凄楚的歌声拖牵着，山西商人却越走越远。他们要走出一个好听一点的故事，他们迈出的步伐既悲怆又沉静。

四

义无反顾地出发，并不一定能到达预想的彼岸，在商业领域尤其如此。

山西商人全方位的成功，与他们良好的人格素质有关。

我接触的材料不多，只是朦胧感到，山西商人在人格素质上至少有以下几个方面十分引人注目——

其一，坦然从商。

做商人就是做商人，没有什么遮遮掩掩、羞羞答答的。这种心态，在我们中国长久未能普及。士、农、工、商，是人们心目中的社会定位序列，商人处于末位，虽不无钱财却地位卑贱，与仕途官场几乎绝缘。为此，许多人即便做了商人也竭力打扮成"儒商"，发了财则急忙办学，让子弟正正经经做个读书人。在这一点上可以构成对比的是安徽商人，本来徽商也是一支十分强大的商业势力，完全可与山西商人南北抗衡。但徽州民风又十分重视科举，使一大批很成功的商人在后代的人生取向上进退维谷。

这种情景在山西没有出现，小孩子读几年书就去学着做生意了，大家都觉得理所当然。最后连雍正皇帝也认为山西的社会定位序列与别处不同，竟是：第一经商，第二务农，第三行伍，第四读书。（见雍

正二年对刘于义奏疏的朱批）

在这种独特的心理环境中，山西商人对自身职业没有太多的精神负担，把商人做纯粹了。

其二，目光远大。

山西商人本来就是背井离乡的远行者，因此经商时很少有空间框范，而这正是商业文明与农业文明的本质差异。整个中国版图都在其视野之内，谈论天南海北就像谈论街坊邻里，这种在地理空间上的心理优势，使山西商人最能发现各个地区在贸易上的强项和弱项、潜力和障碍，然后像下一盘围棋一样把它一一走通。

你看，当康熙皇帝开始实行满蒙友好政策、停息边陲战火之后，山西商人反应最早，很快知道自己该干什么了。面向蒙古、新疆乃至西伯利亚的庞大商队组建起来了，光"大盛魁"的商队就拴有骆驼十万头。商队带出关的商品必须向华北、华中、华南各地采购，因而他们又把整个中国的物产特色和运输网络掌握在手中。

又如，清代南方以盐业赚钱最多，但盐业由政府实行专卖，许可证都捏在两淮盐商手上，山西商人本难插足。但他们不着急，只在两淮盐商资金紧缺的时候给予慷慨借贷，条件是稍稍让给他们一点盐业经营权。久而久之，两淮盐业便越来越多地被山西商人所控制。可见山西商人始终凝视着全国商业大格局，不允许自己在哪个重要块面上有缺漏。人们可以称赞他们"随机应变"，但对"机"的发现，正由于视野的开阔、目光的敏锐。

当然，最能显现山西商人目光的，莫过于一系列票号的建立了。他们先人一步看出了金融对于商业的重要，于是就把东南西北的金融脉络梳理通畅，稳稳地把自己放在全国民间钱财流通主宰者的地位上。我想，拥有如此的气概和谋略，大概与三晋文明的长久陶冶有关，我们只能抬头仰望了。

其三，讲究信义。

山西商人能快速地打开大局面，往往出自于结队成帮的群体行为，而不是偷偷摸摸的个人冒险。

只要稍一涉猎山西的商业史料，便立即会看到一批又一批的所谓"联号"。或是兄弟，或是父子，或是朋友，或是乡邻，组合成一个有分有合、互通有无的集团势力，大模大样地铺展开去，不仅气势压人，而且呼应灵活、左右逢源，构成一种商业大气候。

其实，山西商人即便对联号系统之外的商家也会尽力帮助。其他商家借了巨款而终于无力偿还，借出的商家便大方地一笔勾销，这样的事情在山西商人间所在多有，不足为奇。

例如，我经常读到这样一些史料：有一家商号欠了另一家商号白银六万两，到后来实在还不起了，借入方的老板就到借出方的老板那里磕了个头，说明困境，借出方的老板就挥一挥手，算了事了；一个店欠了另一个店千元现洋，还不起，借出店为了照顾借入店的自尊心，就让他象征性地还了一把斧头、一个箩筐，哈哈一笑也算了事。山西人机智而不小心眼，厚实而不排他，不愿意为了眼前小利而背信弃义，这可称之为"大商人心态"——在南方商家中虽然也有，但不如山西坚实。

众所周知，当时我国的金融信托事业还没有公证机制和监督机制，即便失信也几乎不存在惩处机制，一切全都依赖信誉和道义。金融信托事业的竞争，说到底是信誉和道义的竞争。在这场竞争中，山西商人长久地处于领先地位，他们能给远远近近的异乡人一种极其稳定的可靠感，这实在是很了不得的事情。

其四，严于管理。

山西商人最早发迹的年代，全国商业、金融业的管理基本上处于无政府状态。例如，众多的票号就从来不必向官府登记、领执照、纳税，也基本上不受法律的约束。面对这么多的自由，山西商人却没有表现出放纵习气，而是加紧制定行业规范和经营守则，通过严格的自我约束，在无序中求得有序。因为他们明白，无序的行为至多得益于一时，不能立业于长久。

我曾恭敬地读过清代许多山西商家的"号规"，内容不仅严密、切实，而且充满智慧，即便从现代管理学的眼光去看也很有价值，足可证明在当时山西商人中已经出现了一批真正的管理专家。例如，规定所有的职员必须订立从业契约，并划出明确等级，收入悬殊，定期考查升迁；高级职员与财东共享股份，到期分红，使整个商行在利益上休戚与共、情同一家；总号对于遍布全国的分号容易失控，因此制定分号向总号和其他分号的报账规则，以及分号职工的汇款、省亲规则……凡此种种，使许多山西商号的日常运作越来越正规。一代巨贾也就分得出精力去开拓新的领域了。

以上几个方面，不知道是否大体勾勒出了山西商人的人格素质？不管怎么说，有了这几个方面，当年"走西口"的小伙子们也就像模像样地掸一掸身上的尘土，堂堂正正地走进了一代中国富豪的行列。

何谓山西商人？我的回答是："走西口"的哥哥回来了，回来在一个十分强健的人格水平上。

五

然而，一切逻辑概括总带有"提纯"后的片面性。实际上，只要再往深处窥探，山西商人的人格素质中还有脆弱的一面。

他们人数再多，在整个中国还是一个稀罕的群落；他们敢作敢为，却也经常遇到自信的边界。他们奋斗了那么多年，却从来没有遇到过一个能够代表他们说话的思想家。他们的行为缺少高层理性力量的支撑，他们的成就没有被赋予雄辩的历史理由。几乎所有的文化学者都一直在躲避着他们。他们已经有力地改变了中国社会，但社会改革家们却一心注目于政治，把他们冷落在一边。

说到底，他们只能靠钱财发言，但钱财的发言在当时又是那样缺少道义力量，究竟能产生多少社会效果呢？没有外在的社会效果，也就难以抵达人生的大安详。

是时代，是历史，是环境，使这些商业实务上的成功者没能成为历史意志的觉悟者，他们只能是一群缺少皈依的强人，一拨精神贫乏的富豪，一批在根本性的大问题上还不能掌握得住自己的掌柜。

他们的出发地和终结点都在农村，当他们成功发迹而执掌一大门户时，封建家长制是他们可追慕的唯一范本。于是他们的商业人格不能不自相矛盾乃至自相分裂，有时还会做出与创业时判若两人的作为。在我看来，这正是山西商人在风光数百年后终于困顿、迷乱、内耗、败落的内在原因。

在这里，我想谈一谈几家票号历史上一些不愉快的人事纠纷。

最大的纠纷发生在日昇昌总经理雷履泰和副总经理毛鸿翙之间。毫无疑问，两位都是那个时候堪称全国一流的商业管理专家，一起创办了日昇昌票号，因此也是中国金融史上一个新阶段的开创者，都应该名垂史册。雷履泰气度恢弘，能力超群，又有很大的交际魅力，几乎是天造地设的商界领袖；毛鸿翙虽然比雷履泰年轻十七岁，却也是才华横溢、英气逼人。两位强人撞到了一起，开始时亲如手足、相得益彰，但在事业获得成功之后却不可避免地遇到了一个中国式的大难题：究竟谁是第一功臣？

一次，雷履泰生了病在票号中休养，日常事务不管，但遇到大事还要由他拍板。这使毛鸿翙觉得有点不大痛快，便对财东老板说："总经理在票号里养病不太安静，还是让他回家休息吧。"财东老板就去找了雷履泰，雷履泰说："我也早有这个意思。"当天就回家了。

过几天财东老板去雷家探视，发现雷履泰正忙着向全国各地的分号发信，便问他干什么。雷履泰说："老板，日昇昌票号是你的，但全国各地的分号却是我安设在那里的，我正在一一撤回来好交代给你。"

老板一听大事不好，立即跪在雷履泰面前，求他千万别撤分号。雷履泰最后只得说："起来吧，我也估计到让我回家不是你的主意。"老板求他重新回票号视事，雷履泰却再也不去上班。老板没办法，只好每天派伙计送酒席一桌、银子五十两。

毛鸿翙看到这个情景，知道自己不能再在日昇昌待下去了，便辞职去了蔚泰厚布庄。

这事件乍一听都会为雷履泰叫好，但转念一想又觉得不是味道。是的，雷履泰获得了全胜，毛鸿翙一败涂地，然而这里无所谓是非，只是权术。用权术击败的对手是一段辉煌历史的共创者，于是这段历史也立即破残。中国许多方面的历史总是无法写得痛快淋漓、有声有色，很大一部分原因就在于这种代表性人物之间必然会产生的恶性冲突。商界的竞争较量不可避免，但一旦脱离业务的轨道，在人生的层面上把对手逼上绝路，总与健康的商业动作规范相去遥遥。

毛鸿翙当然也要咬着牙齿进行报复。他到了蔚泰厚之后，就把日昇昌票号中两个特别精明能干的伙计挖走并委以重任，三个人配合默契，把蔚泰厚的业务快速地推上了新台阶。雷履泰气恨难纾，竟然写信给自己的各个分号，揭露被毛鸿翙勾走的两名"小卒"出身低贱，只是汤官和皂隶之子罢了。

事情做到这个份儿上，这位总经理已经很失身份，但他还不罢休，不管在什么地方，只要一有机会就拆蔚泰厚的台，例如，由于雷履泰的谋划，蔚泰厚的苏州分店就无法做成分文的生意。这就不是正常的商业竞争了。

最让我难过的是，雷、毛这两位智商极高的杰出人物在钩心斗角中采用的手法越来越庸俗，最后竟然都让自己的孙子起一个与对方一样的名字，以示污辱——雷履泰的孙子叫雷鸿翔，而毛鸿翔的孙子则叫毛履泰！

这种污辱方法当然是纯粹中国化的，我不知道他们在憎恨对手的同时是否还爱惜儿孙，也不知道他们用这种名字呼叫孙子的时候会用一种什么样的口气和声调。

可敬可佩的山西商人啊，难道这是你们给后代的遗赠？你们创业之初的吞天豪气和动人信义都到哪里去了？怎么会让如此无聊的诅咒来长久地占据你们日渐苍老的心？

也许，最终使他们感到温暖的还是早年跨出家门时听到的那首《走西口》。但是，庞大的家业也带来了家庭内部情感关系的复杂化，《走西口》所吐露的那种单纯性已不复再现。据乔家后裔回忆，乔家大院的内厨房偏院中曾有一位神秘的老妪专干粗活，玄衣愁容，旁若无人，但气质又绝非佣人。

有人说，这就是"大奶奶"，主人的首席夫人。主人与夫人产生了什么麻烦，谁也不清楚，但毫无疑问，当他们偶尔四目相对时，当年《走西口》的旋律立即就会走音。

写到这里我已经知道，我所碰撞到的问题虽然发生在山西却又远远超越了山西。由这里发出的叹息，应该属于我们父母之邦更广阔的天地。

六

当然，我们不能因此而把山西商人败落的原因全然归之于他们自身。一两家铺号的兴衰，自身的原因可能至关重要；而牵涉到山西无数商家的整体败落，一定会有更深刻、更宏大的社会历史原因。

首先是因为中国近代社会的极度动荡。一次次激进主义的暴力冲撞，表面上都有改善民生的口号，实际上却严重地破坏了各地的商业活动，往往是"死伤遍野""店铺俱歇""商贾流离"。山西票号不得不撤回分号，龟缩回乡。有时也能发一点"国难财"，例如：太平天国时官方饷银无法解送，只能赖仗票号；八国联军时朝廷银库被占，票号也发挥了自己的作用。但是，当国家正常的经济脉络已被破坏时，这种临时的风光也只能是昙花一现。

二十世纪初英、美、俄、日的银行在中国各大城市设立分支机构，清政府也随之创办大清银行，开始邮电汇兑。票号遇到了真正强大的对手，完全不知怎么应对。辛亥革命时随着一个个省份的独立，各地票号的存款者纷纷排队挤兑，而借款者又不知逃到哪里去了，山西票号终于走上了末路。

走投无路的山西商人傻想，新当政的北洋军阀政府总不会见死不救吧，便公推六位代表向政府请愿，希望政府能贷款帮助，或由政府担保向外商借贷。政府对请愿团的回答是：山西商号信用久孚，政府从保商恤商考虑，理应帮助维持，可惜国家财政万分困难，他日必竭力斡旋。

满纸空话，一无所获，唯一落实的决定十分出人意料：政府看上了请愿团首席代表范元澍，发给月薪二百元，委派他到破落了的山西票号中物色能干的伙计到政府银行任职。这一决定如果不是有意讽刺，那也足以说明这次请愿活动是真正地惨败了。国家财政万分困难是可信的，山西商家的最后一线希望彻底破灭。"走西口"的旅程，终于走到了终点。

于是，人们在一九一五年三月份的《大公报》上读到了一篇发自山西太原的文章，文中这样描写那些一一倒闭的商号：

> 彼巍巍灿烂之华屋，无不铁扉双锁，黯淡无色。门前双眼怒突之小狮，一似泪涔涔下，欲作河南之吼，代主人鸣其不平。前月北京所宣传倒闭之日昇昌，其本店耸立其间，门前尚悬日昇昌金字招牌，闻其主人已宣告破产，由法院捕其来京矣。

这便是一代财雄们的下场。

七

有人觉得山西票号乃至整个晋商的败落是理所当然，没有什么可惋惜的。但是，问题在于，在它们败落之后，中国在很长时间之内并没有找到新的经济活力，并没有创建新的富裕和繁华。

社会改革家们总是充满了理想和愤怒，一再宣称要在血火之中闯出一条壮丽的道路。他们不知道，这条道路如果是正道，终究还要与民生接轨，那里，晋商骆驼队留下的辙印仍清晰可辨。

在没有明白这个道理之前，他们一直处于两难的困境之中。他们立誓要带领民众摆脱贫困，而要用革命的手段摆脱贫困，最简单的办法就是剥夺富裕。要使剥夺富裕的行为变得合理，又必须把富裕和罪恶画上等号。当富裕和罪恶真的画上等号了，他们的努力也就失去了通向富裕的目标，因为那里全是罪恶。这样一来，社会改革的船舶也就成了无处靠岸的孤舟，时时可能陷入沼泽，甚至沉没。

中国的文人学士更加奇怪。他们鄙视贫穷，又鄙视富裕，更鄙视商业，尤其鄙视由农民出身的经商队伍。他们喜欢大谈"天下兴亡，匹夫有责"，却从来没有把"兴亡"两字与民众生活、社会财富连在一起，好像一直着眼于朝廷荣衰，但朝廷对他们又完全不予理会。他们在苦思冥想中听到有骆驼队从窗外走过，声声铃铛有点刺耳，便伸手关住了窗户。

山西商人曾经创造过中国最庞大的财富，居然，在中国文人浩如烟海的著作中，几乎没有留下什么记述。

一种庞大的文化如此轻慢一种与自己有关的庞大财富，以及它的庞大的创造群体，实在不可思议。

为此，就要抱着惭愧的心情，在山西的土地上多站一会儿。

秋雨注：此文发表于一九九三年，距今已经整整二十年了。发表时被评为中国第一篇向海内外报告晋商和清代商业文明的散文。由这篇文章，我拥有了无数山西朋友。平遥民众为了保护我在文章中记述的城内遗迹，在古城外面兴建市民新区，作为搬迁点。市民新区竟命名为"秋雨新城"，真让我汗颜。更有趣的是，有一度外地几个嫉妒者对我发起了规模不小的诽谤，山西的出版物也有涉及，但很快就有山西学者在报纸上发表文章《山西应该对得起余秋雨》。厚道的山西人立即围起了一道保护我的墙，让我非常感动。

谢家门孔

一

直到今天，谢晋的小儿子阿四，还不知道"死亡"是什么。

大家觉得，这次该让他知道了。但是，不管怎么解释，他诚实的眼神告诉你，他还是不知道。

十几年前，同样弱智的阿三走了，阿四不知道这位小哥到哪里去了，爸爸对大家说，别给阿四解释死亡；

两个月前，阿四的大哥谢衍走了，阿四不知道他到哪里去了，爸爸对大家说，别给阿四解释死亡；

现在，爸爸自己走了，阿四不知道他到哪里去了，家里只剩下了他和八十三岁的妈妈，阿四已经不想听解释。谁解释，就是谁把小哥、大哥、爸爸弄走了。他就一定跟着走，去找。

二

阿三还在的时候，谢晋对我说："你看他的眉毛，稀稀落落，是整天扒在门孔上磨的。只要我出门，他就离不开门了，分分秒秒等我回来。"

谢晋说的门孔，俗称"猫眼"，谁都知道是大门中央张望外面的世界的一个小装置。平日听到敲门或电铃，先在这里看一眼，认出是谁，再决定开门还是不开门。但对阿三来说，这个闪着亮光的玻璃小孔，是一种永远的等待。

他不允许自己有一丝一毫的松懈，因为爸爸每时每刻都可能会在那里出现，他不能漏掉第一时间。除了睡觉、吃饭，他都在那里看。双脚麻木了，脖子酸痛了，眼睛迷糊了，眉毛脱落了，他都没有撤退。

爸爸在外面做什么？他不知道，也不想知道。

有一次，谢晋与我长谈，说起在封闭的时代要在电影中加入一点人性的光亮是多么不容易。我突然产生联想，说："谢导，你就是阿三！"

"什么？"他奇怪地看着我。

我说："你就像你家阿三，在关闭着的大门上找到一个孔，便目不转睛地盯着，看亮光，等亲情，除了睡觉、吃饭，你都没有放过。"

他听了一震，目光炯炯地看着我，不说话。

我又说："你的门孔，也成了全国观众的门孔。不管什么时节，一个玻璃亮眼，大家从那里看到了很多风景，很多人性。你的优点也与阿三一样，那就是无休无止地坚持。"

三

谢晋在六十岁的时候对我说:"现在,我总算和全国人民一起成熟了!"那时,"文革"结束不久。

"成熟"了的他,拍了《牧马人》《天云山传奇》《芙蓉镇》《清凉寺的钟声》《高山下的花环》《最后的贵族》《鸦片战争》……那么,他的艺术历程也就大致可以分为两段,前一段为探寻期,后一段为成熟期。探寻期更多地依附于时代,成熟期更多地依附于人性。

一切依附于时代的作品,往往会以普遍流行的时代话语,笼罩艺术家自身的主体话语。谢晋的可贵在于,即使被笼罩,他的主体话语还在顽皮地扑闪腾跃。其中最顽皮之处,就是集中表现女性。不管外在题材是什么,只要抓住了女性命题,艺术也就具有了亦刚亦柔的功能,人性也就具有了悄然渗透的理由。在这方面,《舞台姐妹》就是很好的例证。尽管这部作品里也带有不少时代给予的概念化痕迹,但"文革"中批判它的最大罪名,就是"人性论"。

谢晋说,当时针对这部作品,批判会开了不少,造反派怕文艺界批判"人性论"不力,就拿到"阶级立场最坚定"的工人中去放映,然后批判。没想到,在放映时,纺织厂的女工已经哭成一片,她们被深深感染了。"人性论"和"阶级论"的理论对峙,就在这一片哭声中见出了分晓。

但是,在谢晋看来,这样的作品还不成熟。让纺织女工哭成一片,很多民间戏曲也能做到。他觉得自己应该做更大的事。"文革"的炼狱,使他获得了浴火重生的机会。"文革"以后的他,不再在时代话语的缝隙中捕捉人性,而是反过来,以人性的标准来拷问时代了。

对于一个电影艺术家来说，"成熟"在六十岁，确实是晚了一点。但是，到了六十岁还有勇气"成熟"，这正是二三十年前中国最优秀知识分子的良知凸现。也有不少人一直表白自己"成熟"得很早，不仅早过谢晋，而且几乎没有不成熟的阶段。这也可能吧，但全国民众都未曾看到。谢晋是永远让大家看到的，因此大家与他相陪相伴地不成熟，然后一起成熟。

这让我想起云南丽江雪山上的一种桃子，由于气温太低，成熟期拖得特别长，因此收获时的果实也特别大，大到让人欢呼。

"成熟"后的谢晋让全国观众眼睛一亮。他成了万人瞩目的思想者，每天在大量的文学作品中寻找着既符合自己切身感受、又必然能感染民众的描写，然后思考着如何用镜头震撼全民族的心灵。没有他，那些文学描写只在一角流传；有了他，一座座通向亿万观众的桥梁搭了起来。

于是，由于他，整个民族进入了一个艰难而美丽的苏醒过程，就像罗丹雕塑《青铜时代》传达的那种象征气氛。

那些年的谢晋，大作品一部接着一部，部部深入人心，真可谓手挥五弦，目送归鸿，云蒸霞蔚。

就在这时，他礼贤下士，竟然破例聘请了一个艺术顾问，那就是比他小二十多岁的我。他与我的父亲同龄，我又与他的女儿同龄。这种辈分错乱的礼聘，只能是他，也只能在上海。

那时节，连萧伯纳的嫡传弟子黄佐临先生也在与我们一起玩布莱希特、贫困戏剧、环境戏剧，他应该是我祖父一辈。而我的学生们，也已成果累累。八十年代"四世同堂"的上海文化，实在让人难以忘怀。而在这"四世同堂"的热闹中，成果最为显赫的，还是谢晋。他让上海，维持了一段为时不短的文化骄傲。

从更广阔的视角来看，谢晋最大的成果在于用自己的生命接通了中国电影在一九四九年之后的曲折逻辑。不管是幼稚、青涩、豪情，还是深思、严峻、浩叹，他全都经历了，摸索了，梳理了。

他不是散落在岸边的一片美景，而是一条完整的大河，使沿途所有的景色都可依着他而定位。他是一脉彩色的光缆，为很多并不彩色的历史过程提供了审美可能。

我想，当代中国的电影艺术家即便取得再高的国际成就，也不能轻忽谢晋这个名字，因为进入今天这个制高点的那条崎岖山路，是他跌跌绊绊走下来的。当代艺术家的长辈，都从他那里汲取过美，并构成遗传。在这个意义上，谢晋不朽。

四

谢晋聘请我做艺术顾问，旁人以为他会要我介绍当代世界艺术的新思潮，其实并不。他与我最谈得拢的，是具体的艺术感觉。他是文化创造者，要的是现场设计，而不是云端高论。

我们也曾开过一些研讨会，有的理论家在会上高谈阔论，又明显地缺少艺术感觉。谢晋会偷偷地摘下耳机，出神地看着发言者。发言者还以为他在专心听讲，其实他很可能只是在观察发言者脸部的肌肉运动状态和可以划分的角色类型。这好像不太礼貌，但高龄的他有资格这样做。

谢晋特别想说又不愿多说的，是作为文化创造者的苦恼。

我问他："你在创作过程中遇到的最大苦恼是什么？是剧作的等级，演员的悟性，还是摄影师的能力？"

他说："不，不，这些都有办法解决。我最大的苦恼，是遇到了不懂艺术的审查者和评论者。"

他所说的"不懂艺术"，我想很多官员是不太明白其中含义的。他们总觉得自己既有名校学历又看过很多中外电影，还啃过几本艺术理论著作，怎么能说"不懂艺术"呢？

其实，真正的艺术家都知道，这种"懂"，是创造意义上而不是学问意义上的。

那是对每一个感性细节小心翼翼的捧持，是对每一个未明意涵恭恭敬敬地让它保持未明状态，是对作品的有机生命不可稍有割划的万千敏感，是对转瞬即逝的一个眼神、一道光束的震颤性品咂，是对那绵长多变又快速运动的镜头语汇的感同身受，以及感同身受后的气喘吁吁、神驰心飞。

用中国传统美学概念来说，这种"懂"，不"隔"。而一切审查性、评论性的目光，不管包含着多少学问，都恰恰是从"隔"开始的。

平心而论，在这一点上，谢晋的观点比我宽容得多。他不喜欢被审查却也不反对，一直希望有夏衍、田汉这样真正懂艺术的人来审查。而我则认为，即使夏衍、田汉这样的艺术家再世，也没有权利要谢晋这样的艺术家在艺术上服从自己。

谢晋那些最重要的作品，上映前都麻烦重重。如果说，"文革"前的审查总是指责他"爱情太多，女性话题太多，宣扬资产阶级人性论太多"，那么，"文革"后的审查者已经宽容爱情和女性了，主要是指责他"揭露革命事业中的黑暗太多"。

有趣的是，有的审查者一旦投身创作，立场就会发生天翻地覆的变化。我认识两位职业审查者，年老退休后常常被一些电视剧聘为顾问，参与构思。作品拍出来后，交给他们当年退休时物色的徒弟们审查，他们才发现，这些徒弟太不像话了。他们愤怒地说："文化领域那么多诽谤、伪造、低劣都不审查，却总是盯着一些好作品不依不饶！"后来他们扪心自问，才明白自己大半辈子也在这么做。

对于评论，谢晋与他的同代人一样，过于在乎，比较敏感，容易生气。

他平生最生气的评论，是一个叫朱大可的上海评论者所揭露的"谢晋模式"。忘了是说"革命加女人"，还是"革命加爱情"。谢晋认为，以前的审查者不管多么胡言乱语，也没有公开发表，而这个可笑的"谢晋模式"，却被很多报纸刊登了。

他几乎在办公室里大声咆哮："女人怎么啦？没有女人，哪来男人？爱情，我在《红色娘子军》里想加一点，不让；《舞台姐妹》里也没有正面爱情。只有造反派才批判我借着革命贩卖爱情，这个朱大可是什么人？"

我劝他："这个人没有什么恶意，只是理论上幼稚，把现象拼凑当作了学问。你不要生气，如果有人把眼睛、鼻子、嘴巴的组合说成是脸部模式，你会发火吗？"

他看着我，不再说话。但后来，每次研讨会我都提议让朱大可来参加，他都不让。而且，还会狠狠地瞪我一眼。

直到有一天，朱大可发表文章说，有一个妓女的手提包里也有我的《文化苦旅》，引起全国对我的讪笑。谢晋也幸灾乐祸地笑了，说："看你再为他辩护！"

但他很快又大声地为我讲话了："妓女？中外艺术中，很多妓女的品德，都比文人高！我还要重拍《桃花扇》，用李香君回击他！"

我连忙说："不，不。中国现在的文艺评论，都是随风一吐的口水，哪里犯得着你大艺术家来回击？"

"你不恨？"他盯着我的眼睛，加了一句，"那么多报纸。"

"当然不恨。"我说。

他把手拍在我肩上。

五

在友情上，谢晋算得上是一个汉子。

他总是充满古意地反复怀念一个个久不见面的老友，怀念得一点儿也不像一个名人；同时，他又无限兴奋地结识一个个刚刚发现的新知，兴奋得一点儿也不像一个老者。他的工作性质、活动方式和从业时间，使他的"老友"和"新知"的范围非常之大，但他一个也不会忘记，一个也不会怠慢。

因此，只要他有召唤，或者，只是以他的名义召唤，再有名的艺术家也没有不来的。

有时，他别出心裁，要让这些艺术家都到他出生的老家去聚合，大家也都乖乖地全数抵达。就在他去世前几天，上海电视台准备拍摄一个纪念他八十五岁生日的节目，开出了一大串响亮的名单，逐一邀请。这些人中的任何一个，在一般情况下是"八抬大轿也抬不动"的，因为有的也已年老，有的非常繁忙，有的片约在身，有的身患重病。但是，一听是谢晋的事，没有一个拒绝。当然，他们没有料到，生日之前，会有一个追悼会……

我从旁观察，发觉谢晋交友，有两个原则。一是拒绝小人，二是不求实用。这就使他身边的热闹中有一种干净。相比之下，有些同样著名的老艺术家永远也摆不出谢导这样的友情阵仗，不是他们缺少魅力，而是本来要来参加的人想到同时还有几双忽闪的眼睛也会到场，借故推托了。有时，好人也会利用小人，但谢晋不利用。

他对小人的办法，不是争吵，不是驱逐，而是在最早的时间冷落。他的冷落，是炬灭烟消，完全不予互动。听对方说了几句话，他就明白是什么人了，便突然变成了一座石山，邪不可侵。转身，眼角扫到一个朋友，石山又变成了一尊活佛。

一些早已不会被他选为演员和编剧的老朋友，永远是他的座上宾。他们谁也不会因为自己已经帮不上他的忙，感到不安。西哲有言："友情的败坏，是从利用开始的。"谢晋的友情，从不败坏。

他一点儿也不势利。再高的官，在他眼中只是他的观众，与天下千万观众没有区别。但因为他们是官，他会特别严厉一点。我多次看到，他与官员讲话的声调，远远高于他平日讲话，主要是在批评。他还会把自己对于某个文化高官的批评到处讲，反复讲，希望能传到那个高官的耳朵里，一点儿不担心自己会不会遇到麻烦。

有时，他也会发现，对那个高官的批评搞错了，于是又到处大声讲："那其实是个好人，我过去搞错了！"

对于受到挫折的人，他特别关心，包括官员。

有一年，我认识的一位官员因事入狱。我以前与这位官员倒也没有什么交往，这时却想安慰他几句。正好上海市监狱邀请我去给几千个犯人讲课，我就向监狱长提出要与那个人谈一次话。监狱长说，与那个人谈话是不被允许的。我就问能不能写个条子，监狱长说可以。

我就在一张纸上写道："平日大家都忙，没有时间把外语再推进一步，祝贺你有了这个机会。"写完，托监狱长交给那个人。

谢晋听我说了这个过程，笑眯眯地动了一会儿脑筋，然后兴奋地拍了一下桌子说："有了！你能送条子，那么，我可以进一步，送月饼！过几天就是中秋节，你告诉监狱长，我谢晋要为犯人讲一次课！"

就这样，他为了让那个官员在监狱里过一个像样的中秋节，居然主动去向犯人讲了一次课。提篮桥监狱的犯人，有幸一睹他们心中的艺术偶像。那个入狱的官员，其实与他也没有什么关系。

四年以后，那个人刑满释放，第一个电话打给我，说他听了我的话，在里边学外语，现在带出来一部五十万字的翻译稿。然后，他说，急于要请谢晋导演吃饭。谢导那次的中秋节行动，实在把他感动了。

六

我一直有一个错误的想法，觉得拍电影是一个力气活，谢晋已经年迈，不必站在第一线上了。我提议他在拍完《芙蓉镇》后就可以收山，然后以自己的信誉、影响和经验，办一个电影公司，再建一个影视学院。简单说来，让他从一个电影导演变成一个"电影导师"。

有这个想法的，可能不止我一个人。

我过了很久才知道，他对我们的这种想法，深感痛苦。

他想拍电影，他想自己天天拿着话筒指挥现场，然后猫着腰在摄影机后面调度一切。他早已不在乎名利，也不想证明自己依然还保持着艺术创造能力。他只是饥渴，没完没了地饥渴。在这一点上他像一个最单纯、最执着的孩子，一定要做一件事，骂他，损他，毁他，都可以，只要让他做这件事，他立即可以破涕为笑。

他当然知道我们的劝说有点道理，因此，也是认认真真地办电影公司，建影视学院，还叫我做"校董"。但是，这一切都不能消解他内心的强烈饥渴。

他越来越要在我们面前表现出他的精力充沛、步履轻健。他由于耳朵不好，本来说话就很大声，现在更大声了。他原来就喜欢喝酒，现在更要与别人频频比赛酒量了。

有一次，他跨着大步走在火车站的月台上，不知怎么突然踉跄了。他想摆脱踉跄，挣扎了一下，谁知更是朝前一冲，被人扶住，脸色发青。这让人们突然想起他的皮夹克、红围巾所包裹着的年龄。

不久后一次吃饭，我又委婉地说起了老话题。

他知道月台上的踉跄被我们看到了，因此也知道我说这些话的原因。

他朝我举起酒杯，我以为他要用干杯的方式来接受我的建议，没想到他对我说："秋雨，你知道什么样的人是真正善饮的吗？我告诉你，第一，端杯稳；第二，双眉平；第三，下口深。"

说着，他又稳又平又深地一连喝了好几杯。

是在证明自己的酒量吗？不，我觉得其中似乎又包含着某种宣示。

即使毫无宣示的意思，那么，只要他拿起酒杯，便立即显得大气磅礴，说什么都难以反驳。

后来，有一位热心的农民企业家想给他资助，开了一个会。这位企业家站起来讲话，意思是大家要把谢晋看作一个珍贵的品牌，进行文化产业的运作。但他不太会讲话，说成了这样一句："谢晋这两个字，不仅仅是一个人名，而且还是一种有待开发的东西。"

"东西？"在场的文化人听了都觉得不是味道。

一位喜剧演员突然有了念头，便大声地在座位上说："你说错了，谢晋不是东西！"他又重复了一句，"谢晋不是东西！"

这是一个毫无恶意的喜剧花招，全场都笑了。

我连忙扭头看谢晋导演，不知他是生气而走，还是蔼然而笑。没想到，我看到的他似乎完全没有听到这句话，只是像木头一样呆坐着，毫无表情。我立即明白了，他从这位企业家的讲话中才知道，连他们也想把自己当作品牌来运作。

"我，难道只能这样了吗？"他想。

他毫无表情的表情，把我震了一下。他心中在想，如果自己真的完全变成了一个品牌，丢失了亲自创造的权利，那谢晋真的"不是东西"了。

从那次之后，我改变了态度，总是悉心倾听他一个又一个的创作计划。

这是一种滔滔不绝的激情，变成了延绵不绝的憧憬。他要重拍《桃花扇》，他要筹拍美国华工修建西部铁路的血泪史，他要拍《拉贝日记》，他要拍《大人家》，他更想拍前辈领袖的女儿们的生死恩仇、悲欢离合……

看到我愿意倾听，他就针对我们以前的想法一吐委屈："你们都说我年事已高，应该退居二线，但是我早就给你说过，我是六十岁才成熟的，那你算算……"

一位杰出艺术家的生命之门既然已经第二度打开，翻卷的洪水再也无可抵挡。

这是创造主体的本能呼喊，也是一个强大的生命要求自我完成的一种尊严。

七

他在中国创建了一个独立而庞大的艺术世界，但回到家，却是一个常人无法想象的天地。

他与夫人徐大雯女士生了四个小孩，脑子正常的只有一个，那就是谢衍。谢衍的两个弟弟就是前面所说的老三和老四，都严重弱智，而姐姐的情况也不好。

这四个孩子，出生在一九四六年至一九五六年这十年间。当时的社会，还很难找到辅导弱智儿童的专业学校，一切麻烦都堆在一门之内。家境极不宽裕，工作极其繁忙，这个门内天天在发生什么？只有天知道。

我们如果把这样一个家庭背景与谢晋的那么多电影联系在一起，真会产生一种匪夷所思的感觉。每天傍晚，他那高大而疲惫的身影一步步走回家门的图像，不能不让人一次次落泪。不是出于一种同情，而是为了一种伟大。

一个错乱的精神旋涡，能够生发出伟大的精神力量吗？谢晋做出了回答，而全国的电影观众都在点头。

我觉得，这种情景，在整个人类艺术史上都难以重见。

谢晋亲手把错乱的精神旋涡，筑成了人道主义的圣殿。我曾多次在他家里吃饭，他做得一手好菜，常常围着白围单、手握着锅铲招呼客人。客人可能是好莱坞明星、法国大导演、日本制作人，但最后谢晋总会搓搓手，通过翻译介绍自己两个儿子的特殊情况，然后隆重请出。

这种毫不掩饰的坦荡，曾让我百脉俱开。在客人面前，弱智儿子的每一个笑容和动作，在谢晋看来就是人类最本原的可爱造型，因此满眼是欣赏的光彩。他把这种光彩，带给了整个门庭，也带给了所有的客人。

他自己成天到处走，有时也会带着儿子出行。我听谢晋电影公司总经理张惠芳女士说，那次去浙江衢州，坐了一辆面包车，路上要好几个小时，阿四同行。坐在前排的谢晋过一会儿就要回过头来问："阿四累不累？""阿四好吗？""阿四要不要睡一会儿？"……过几分钟就回一次头，没完没了。

每次回头，那神情，能把雪山消融。

八

他万万没有想到，他家后代唯一的正常人，那个从国外留学回来的典雅君子，他的大儿子谢衍，竟先他而去。

谢衍太知道父母亲的生活重压，一直瞒着自己的病情，不让老人家知道。他把一切事情都料理得一清二楚，然后穿上一套干净的衣服，去了医院，再也没有出来。

他恳求周围的人，千万不要让爸爸、妈妈到医院来。他说，爸爸太出名，一来就会引动媒体，而自己现在的形象又会使爸爸、妈妈吃惊。他一直念叨着："不要来，千万不要来，不要让他们来……"

直到他去世前一星期，周围的人说，现在一定要让你爸爸、妈妈来了。这次，他没有说话。

谢晋一直以为儿子是一般的病住院，完全不知道事情已经那么严重。眼前病床上，他唯一可以对话的儿子，已经不成样子。

他像一尊突然被风干了的雕像，站在病床前，很久，很久。

他身边，传来工作人员低低的抽泣。

谢衍吃力地对他说："爸爸，我给您添麻烦了！"

他颤声地说："我们治疗，孩子，不要紧，我们治疗……"

从这天起，他天天都陪着夫人去医院。

独身的谢衍已经五十九岁，现在却每天在老人赶到前不断问："爸爸怎么还不来？妈妈怎么还不来？爸爸怎么还不来？"

那天，他实在太痛了，要求打吗啡，但医生有所犹豫。幸好有慈济功德会的志工来唱佛曲，他平静了。

谢晋和夫人陪在儿子身边，那夜几乎陪了通宵。工作人员怕这两位八十多岁的老人撑不住，力劝他们暂时回家休息。但是，两位老人的车还没有到家，谢衍就去世了。

谢衍是二〇〇八年九月二十三日下葬的。第二天，九月二十四日，杭州的朋友就邀请谢晋去散散心，住多久都可以。接待他的，是一位也刚刚丧子的杰出男子，叫叶明。

两人一见面就抱住了，号啕大哭。他们两人，前些天都哭过无数次，但还要找一个机会，不刺激妻子，不为难下属，抱住一个人，一个经得起用力抱的人，痛快淋漓、回肠荡气地哭一哭。

那天谢晋导演的哭声，像虎啸，像狼嚎，像龙吟，像狮吼，把他以前拍过的那么多电影里的哭，全都收纳了，又全都释放了。

那天，秋风起于杭州，连西湖都在呜咽。

他并没有在杭州长住，很快又回到了上海。这几天他很少说话，眼睛直直地看着前方。有时也翻书报，却是乱翻，没有一个字入眼。

突然电话铃响了，是家乡上虞的母校春晖中学打来的，说有一个纪念活动要让他出席，有车来接。他一生，每遇危难总会想念家乡。今天，故乡故宅又有召唤，他毫不犹豫地答应了。他给驾驶员小蒋说："你别管我了，另外有车来接！"

小蒋告诉张惠芳，张惠芳急急赶来询问，门房说，接谢导的车，两分钟前开走了。

春晖中学的纪念活动第二天才开始，这天晚上他在旅馆吃了点冷餐，没有喝酒，倒头便睡。这是真正的老家，他出走已久，今天只剩下他一个人回来。他是朝左侧睡的，再也没有醒来。

这天是二〇〇八年十月十八日，离他八十五岁生日，还有一个月零三天。

九

他老家的屋里，有我题写的四个字："东山谢氏"。

那是几年前的一天，他突然来到我家，要我写这几个字。他说，已经请几位老一代书法大家写过，希望能增加我写的一份。东山谢氏？好生了得！我看着他，抱歉地想，认识了他那么多年，也知道他是绍兴上虞人，却没有把他的姓氏与那个遥远而辉煌的门庭联系起来。

他的远祖，是公元四世纪那位打了"淝水之战"的东晋宰相谢安。这仗，是和侄子谢玄一起打的。而谢玄的孙子，便是中国山水诗的鼻祖谢灵运。谢安本来是隐居会稽东山的，经常与大书法家王羲之一起喝酒吟诗，他的侄女谢道韫也嫁给了王羲之的儿子王凝之，而才学又远超丈夫。谢安后来因形势所迫再度做官，这使中国有了一个"东山再起"的成语。

正因为这一切，我写"东山谢氏"这四个字时非常恭敬，一连写了好多幅，最后挑出一张，送去。

谢家，竟然自东晋、南朝至今，就一直住在东山脚下？别的不说，光那股积累了一千六百年的气，已经非比寻常。

谢晋导演对此极为在意，却又不对外说，可见完全不想借远祖之名炫耀。他在意的，是这山、这村、这屋、这姓、这气。但这一切都是秘密的，只是为了要我写字才说，说过一次再也不说。

我想，就凭着这种无以言表的深层皈依，他会一个人回去，在一大批远祖面前画上人生的句号。

十

此刻，他上海的家，只剩下了阿四。他的夫人因心脏问题，住进了医院。

阿四不像阿三那样成天在门孔里观看。他几十年如一日的任务是为爸爸拿包、拿鞋。每天早晨爸爸出门了，他把包递给爸爸，并把爸爸换下的拖鞋放好。晚上爸爸回来，他接过包，再递上拖鞋。

好几天，爸爸的包和鞋都在，人到哪里去了？他有点奇怪，却在耐心等待。突然来了很多人，在家里摆了一排排白色的花。

白色的花越来越多，家里放满了。他从门孔里往外一看，还有人送来。阿四穿行在白花间，突然发现，白花把爸爸的拖鞋遮住了。他弯下腰去，拿出爸爸的拖鞋，小心地放在门边。

这个白花的世界，今天就是他一个人，还有一双鞋。

君子之名

一、君子自杀

照理，君子不应该自杀。因为孔子曾经提出过非常明确的要求："君子不忧不惧"（《论语·颜渊》）。

但是，纵观历史，君子自杀的事例还是不少。显然，他们还是有忧有惧。不仅有，而且很大，才会付出生命的代价。

那么，究竟是什么东西，使本该无所忧惧的君子害怕了呢？王充在《论衡》里做出了一个结论：

> 君子不畏虎，独畏谗夫之口。

> （《论衡·言毒》）

谗夫，是指毁谤者。

这个"谗"字，居然比猛虎还要可怕，因此，希望能够引起读者百倍注意。有人把它解释为谣言，那就轻了。谣言虽然不好，但不见得会对某个人造成实际伤害；"谗"就不同了，必定以伤害为目的。其中，还必然包括挑拨离间、花言巧语、添油加醋、栽赃诬陷、指鹿为马、上纲上线等手段，而且锲而不舍、死缠烂打、无休无止、上下其手，直到把被伤害的名誉彻底摧毁。如果不是这样，就不叫谗夫。

谗夫的攻击目标，是君子的名誉。君子自杀的原因，是名誉的失去。因此，在名誉问题上，谗夫就是屠夫。

一切的核心，是名誉。

名誉，也可称为名声、名望、名节。在古代，常常以一个"名"字来统称，大致是指一个人在社会上获得的正面评价和良好影响。

在很多君子心目中，这是一个人的第二生命。甚至，是第一生命。

看成是第二生命的，因谗而怒，拔剑而起；看成是第一生命的，因谗而死，拔剑自刎。

名，不是物质，不是金钱，不是地位，不是任何可触可摸的东西。但是，善良的目光看着它，邪恶的目光也看着它；小人的目光看着它，君子的目光也看着它。一切狞笑、谋划、眼泪、叹息都围绕着它。它使生命高大，又使生命脆弱；它使生命不朽，又使生命速逝。

名啊，名……

二、天下名誉

君子重名。

最能说明这种重视的，是孔子的这句话：

> 君子疾没世而名不称焉。

> （《论语·卫灵公》）

用现在的话说：君子的恨事，是离世的时候自己的名声还不被别人称道。

这就是说，名，是君子对生命价值的最后一个念想，可称之为"终极牵挂"。

好像大家都很在乎。例如，荀子说过"名声若日月"（《荀子·王霸》）；连墨子也说过"以名誉扬天下"（《墨子·修身》）。多数古代君子追求的人生目标，是"功成、名遂、身退"（苏轼《志林》）。名，这个字，一直稳定地浮悬在君子们的头顶。

君子重名，目的各有不同，但从根本上说，我们不能过于强调他们的自私理由。如果认为重名即是重个人，那倒真是"以小人之心度君子之腹"了。

在孔子和其他君子的内心，名誉，是建立社会精神秩序的个人化示范。名誉，既包含着一个人的道德行为规范，又包含着这种规范被民众接受和敬仰的可能性。因此，名誉是一种生命化的社会教材，兼具启悟力和感染力。一个君子能够让自己成为这种生命化教材，是一种荣耀，也是一种责任。一个社会能够守护一批拥有荣誉的君子，是一种文明，也是一种高贵。

在我看来，人类社会从野蛮的丛林走向文明的平原，最大的变化是懂得了抬头仰望。一是仰望天地神明，二是仰望人间英杰。人们为第一种仰望建立了图腾，为第二种仰望建立了名誉。

两种仰望，都是人类实现精神攀升的阶梯。所不同的是，图腾的阶梯凛然难犯，名誉的阶梯极易毁损。

因此，名誉的事乍一看只涉及一个个名人，实质上却关及整个社会历史的文明等级。

一个社会，一段历史，本身也有名誉问题。社会和历史的名誉，取决于它们如何处置人与人之间的名誉取向。它们给予什么样的人物名誉，它们本身也就具有什么样的名誉。它们让什么样的人物失去名誉，它们本身的名誉级别也就随之发生变化。

为什么诸子百家的时代永远让人神往？因为那个时代给了孔子、孟子、荀子这样的人物以很高的名誉。同样，古希腊的名誉，与那个时代给予索福克勒斯、希罗多德、柏拉图、亚里士多德的名誉相对应，而它失去名誉的地方，正在于它试图让苏格拉底失去名誉。与中国和希腊不同的是，巴比伦文明和埃及文明把名誉集中在一些政治人物身上，很少找得出文化智者的名字。因此，它们后来的走向，也容易失去它们本来应该有的文化尊严。

中国在漫长的历史中，除了诸子百家的时代之外，唐朝的历史名声最好，这与那个朝代在"名誉分配"上的合理性有关。连皇室也崇敬一个个宗教大师、著名诗人、书法家，他们这些人在当时拥有极高的名声，因此唐朝也就在历史上拥有极高的名声。相比之下，汉朝过于尚武，社会声誉主要集中在统帅、将军一边，虽也令人振奋，但军事与文化一比，在时间上毕竟容易朽逝。因此，唐朝的整体荣誉也高于汉朝。

最值得玩味的是宋朝，居然一度将国家的很大一部分行政管理职务交付给了一代文化大师，如范仲淹、王安石、司马光等等，把顶级行政声誉和顶级文化声誉罕见地叠加在一起了。他们之间的政见并不一致，而且也先后遭到贬黜，但不管从哪一个角度看，他们都是君子。即便是对立，也是君子之争。因此，他们也让他们所处的时间和空间，保持着高雅的名声。

明清两代，实行思想专制主义和文化恐怖主义，即"文字狱"，君子们应有的名声被残酷剥夺，代之以文化庸人、文化奴才和文化鹰犬们的"时名"。最多的名声，全都投注给了宫廷皇族和官僚体制。就算是其中比较像样的文化人，也一定要与官僚体制挂钩才能被确认名声。但严格说来，这已经不是纯净的文化名声和君子名声了。正是这种长达数百年的风气，造成了中华文明的整体下滑。

也就是说，由于明清两代在"名誉分配"上的错乱和颠倒，中国在整体上也名誉蒙污，很难与唐、宋两代相比了。尽管在国力和疆土上，明清两代比唐宋两代更强、更大。

由此可见，名誉之正，直逼国本。

如果说，一个时代的国力和疆土并不一定和名誉成正比，那么，对于个人来说就更是这样了。力量和体量，与名誉无关。

不管何时何地，常常遇到"名誉分配"上的错乱和颠倒。这个问题，在中国君子身上体现得更为强烈，更为痛苦。

这是因为，君子的名声，除了荣耀性之外，还带有排他性和脆弱性。

三、排他性、脆弱性

君子名声的荣耀性就不必多说了。良好的名声让君子广受关注和尊重，而且还会衍伸到前后相关的行迹和周边相关的人群，因此必然受到很多人的羡慕，乃至嫉妒。

但是，君子的名声又带有排他性。即便君子本人并无排他之心，而他的名声也会自然地发挥出排他功能。为什么会这样？

首先，名声因为是君子的，必然包含着正气。这种正气，既有君子品德的基本支架，也有区别于小人的边界划分。因此，即便是安静的名声，也构成了一种隐性的价值标准，首先对小人产生威胁，也对许多介乎君子和小人之间的芸芸众生产生压力。

其次，君子的名声还会让其他君子感到尴尬。同样是君子，一方的名声就会对周围造成对比和掩荫。这就会使周围的君子产生某种被排斥的感觉，并进而产生对今后的担忧。

正是这两种排他性功能，使君子的名声总是伴随着脆弱性。

这实在是一个让人伤感的悖论。君子的名声虽然具有荣耀的光辉、排他的功能，但本身并没有实质性的依靠，只是飘动在人们的心中、口中。这种名声不靠权力，不靠地位，不靠财富，不靠武力，不靠家世，不靠师从，也就是说，是一种霞光月色般的存在，美则美矣，却极易消散。

当然，也有不少名声建立在权力、地位、财富、武力、家世、师从之上，拥有者也可能是君子，但是，他们身上那些"有依靠的名声"却只属于他们"非君子"的成分，因此恰恰不是君子名声。他们身上如果也有君子名声，那么，属于君子名声的那部分，一定也是脆弱的。

如前所述，君子的名声与周围很多人的羡慕、嫉妒、威胁、压力、尴尬、担忧紧紧连在一起，因此处处遍布了企图颠覆和毁损的潜在欲望。一旦打开一个小小的缺口，极有可能蔓延成一片烈焰熊熊的火海。

几乎不会有人来救火。对于旁观的一般民众来说，非常愿意看到几棵平日需要仰望的大树被顷刻烧焦的痛快景象。闪闪火光照着他们兴奋的脸，他们又鼓掌，又欢呼，甚至跳起了群舞。

他们之中可能也会有几个人头脑比较清醒，没有参与群舞，看着被烧焦的大树，也就是被谗夫们伤害的君子，企图说几句公道话。但是，正因为君子原来的名声并非实体，被诬被冤也缺少确证的凭信，即使试图救助也缺少救助的依据、资源和逻辑。他们在束手无策之中开始怀疑自己：既然那么多人采取同一个态度，也许"群众的眼睛是雪亮的"？

被伤害的君子更难自辩，因为颠覆名声的第一步，总是会破坏被颠覆者的基本信誉。既然基本信誉已被怀疑，自辩当然无效。"时至今日还在说谎！"这是一般民众对自辩者的"舆论"。

君子为自己的名声辩护，需要有法庭，有法官，有律师，有法警，有陪审，有证人，有证据，有上诉……但这一切，在名声的领域都不存在。虽然法律上也有"损害名誉权"的条款，但那只适用于某种浅陋的罕例。真正的名誉案件，往往越审越损害被害者，这在全世界都心照不宣，又以中国为最。

总之，君子的名声天然地埋伏了大量对立面，广大民众又基本站在对立面一边。无人想救，无人能救，而自己又缺少辩护的资格。这就难怪，那么多品德高尚的君子默念几句"人言可畏"，含恨自杀。

四、功能缺失

说到这里，我不能不对中国的"君子之道"略作批评。我已经写了那么多文字称颂它，因此也有必要说一说它的负面效应。

我曾多次论述，中国传统文化的一大弊病是疏淡公共空间（public space），中国君子并未被赋予"勇于在一切公共领域运用理性"（康德）的职能。因此，君子受谗夫之谤，本是一个"公共空间""公共领域"的重大话题，却得不到公共理性的保护。其他君子即使"打抱不平"，也不存在正常的伦理身份。这一来，君子一旦受谤，只能面对以下几项选择：

一、请求朝廷为自己洗诬，即"平反"。

二、不与谗夫辩论，只是反躬自省。如果自省之后诽谤仍然不止，证明自己的修养还不到家。

三、如果名声已被诽谤彻底毁坏，那就安心领悟"名高必坠"的道理，不再执着谁是谁非。

这三项中，第一项靠的是事外力量，第三项靠的是事后安慰，因此关键是第二项，即把诽谤事件转变成了一个自省事件。在君子之道中，不难找到以下这些让人感动的话：

"吾日三省吾身。"

"君子求诸己，小人求诸人。"

"何以息谤？曰无辩。"

"修之至极，何谤不息。"

"谗夫毁士，如寸云蔽日，不久自明。"

……

总之，按照这种高尚的说教，君子如果遇到了谗夫，遇到了诽谤，只能静静地等待，深深地自省。

这种自省哲学其实也就是退让哲学。君子们在唾面自干的忍辱功夫中，把世间的真伪之别、是非之别、善恶之别全都混淆了，是一个巨大的精神泥潭。埋没在这个泥潭中的，不仅是无数君子的尊严和生命，而且还有社会的公理、人间的正义。

至于"名高必坠"的逆反哲学，看似冷静，其实还是支持了谗夫。因为谗夫是让高名坠落的推手，如果这种逆反哲学成立，他们反倒代表了历史的力量。

即使大家公认，那些高名的坠落是不应该的，那么，这种哲学又会转而从另一个角度进行安慰，说那些高人即便暂时坠下，也会刺激他们取得更高成就，迟早会挽回名声。为此还不断举出例证，说哪个军事家因受诬而遭断足，反而写出了兵书，哪个大诗人因受诬而遭放逐，反而写出了名作……

这种安慰，仍然让谗夫代表了历史的推手。从所举例证看，完全"以一概万"，把特殊罕例当作了天下公式。千百个高人被谗夫整倒了，只有一两个侥幸存活，怎么能以这种稀有的侥幸来掩盖无数的冤屈？何况，即便是这些稀有的侥幸，也煎熬着巨大的痛苦和伤残，实在是人间正道的反面。

总之，当君子的名声受到谗夫攻击时，君子之道老是在教育君子、训诫君子、安慰君子、说服君子，却没有任何力量来对付谗夫。这就使君子之道失去了自卫的依据，任凭自己的信奉者、追随者一次次被攻击、被包围、被泼污。不管怎么说，这是一种重大的功能缺失。

我认为，中国历史上大量的杰出人物不得善终，多数响亮的名誉只能追加于他们去世之后，社会机制永远重复着"优汰劣胜"的潜规则，都与君子之道的这种功能缺失有关。

更可怕的是，这种传统沉淀成了一种扭曲的社会共识。只要君子蒙谗，多数民众的目光只会集中审察君子，而不会审察谗夫。审察君子，主要也不是审察他们究竟有没有被冤，而主要是看他们的"态度"，也就是他们的自省程度和退让程度。在这种情况下，多数民众其实都站到了谗夫立场上。

民众不明白"他人的名誉不可侵犯"，只相信"他人的名誉不可容忍"；

民众不明白"名誉的多寡决定着社会的等级"，只相信"名誉的毁损充满着世俗的愉悦"；

民众不明白"名誉的废墟是大家的废墟"，只相信"大家的废墟是大家的平等"……

这一系列观念的长久普及，使谗夫们逐渐升格为"揭秘勇士""言论领袖""爆料专家"，从者如云，一呼百应。

应该说，世界历史上，谗夫处处都有，唯独在中国，特别神通广大；诽谤处处都有，唯独在中国，足以排山倒海；冤屈处处都有，唯独在中国，伤及精神主脉。指出这一事实，并非否定历史，反而更对中国历史上的万千君子肃然起敬，他们实在辛苦了。

他们总是因为德行高尚而走投无路。在百般无奈之下，他们只得选择下策，那就是想尽办法请求朝廷为自己洗污。因为当社会舆论总是站在谗夫一边，君子们唯一能指望的，只能是极权中心。

但是，朝廷并非由君子组成，历来对君子遭受的困境，无法感同身受。朝廷所警惕的永远是权力失衡，而谗夫们的种种作为，永远不对朝廷构成直接威胁。在多数情况下，更让朝廷头痛的，不是谗夫，而是君子。因此，君子在危难时分求助于朝廷，几乎无救。

很多君子自杀，正是因为看透了这层秘密。但是，还是有不少君子仍然留下了哀怨的眼神。其中，包括了伟大的屈原和司马迁。

为了名誉而向朝廷求助的君子，在历史上不胜枚举。其中最让我感到痛心的，是宋代女诗人李清照。这么一个柔婉蕴藉的东方女性美的最高代表，居然也会为名誉奔波了大半辈子。

这种反差，再强烈不过地凸显了名誉与君子之间的艰难关系。对这件事，我曾不止一次论及，那就不妨在本文中做一点较完整的解析。

五、可怜李清照

她清纯绝俗，风华绝代，总是独自伫立于西风黄花之中，从不招谁惹谁，怎么会有名誉问题呢？如果有了名誉问题，又怎么会在乎呢？

但是，事实与人们想象的，完全相反。

李清照在与赵明诚结婚之后，就开始面对长辈们遭受的名誉灾祸。这种经历像是一种试炼，让她明白一个人在名誉问题上的乖谬无常。

她的父亲李格非与当时朝廷全力排斥的所谓"元祐党人"有牵连，罢职远徙。这种名誉上的打击，自上而下，铺天盖地，轰传一时，压力极大，但年轻的李清照还能承受，因为这里还保留着另一种名誉——类似于"持不同政见者"的名誉。然而不幸的是，处理这个案件的，恰恰是丈夫的父亲赵挺之！

这一下就把这对恩爱的年轻夫妻推入十分尴尬的境地：只要一方的父亲能保持名誉，另一方的父亲就必然失去名誉。这种你死我活的格局压在一个家族的头顶，实际上连一半名誉也无法保持，只能是在众目睽睽之下被别人看笑话，两败俱伤。

李清照身在其中立即体会到了这种尴尬，曾大胆写信给公公赵挺之，要他以"人间父子情"为虑，顾及儿子、儿媳和亲家的脸面，不要做炙手可热、让人寒心的事。

一个新过门的儿媳妇能够以如此强硬的口气上书公公，可见做公公的赵挺之当时在亲友家族乃至民间社会中是不太名誉的。但实际上，赵挺之很可能是一个犹豫徘徊的角色，因此最终也遭到打击。甚至在死后三天，家产被查封，亲属遭拷问，儿子赵明诚也被罢免官职。

事虽如此，他原先缺失于民间士林的名誉并没有恢复，反而增加了一层阴影，人们只把他看成三翻四覆的小人。古往今来，很多勉强进入不同身份而又良知未泯的知识分子官吏，大多会在自身名誉上遭此厄运，又百口莫辩。

这时，李清照跟随着落魄的丈夫赵明诚返回故里青州居住。他们这对夫妇对世间名誉的品尝，已经是涩然不知何味了。

我想，被后世文人一再称道的赵明诚、李清照夫妇在青州十余年的风雅生活，他们购书、猜句、罚茶等令人羡慕的无限情趣，正是在暂离升沉荣辱旋涡后的一湾宁静。他们此时此地所达到的境界，好像已经参破红尘，永远不为是非所动了。但是，事实并非如此。

　　名誉上的事情没有止境，你参破到什么程度，紧接着就有超过这一高度的骚扰让你神乱性迷，失去方寸。就像是催逼，又像是驱赶，非把你从安宁自足的景况中驱赶出来不可。

　　似乎是上天的故意，李清照后来遇到的名誉问题越来越大，越来越关及个人，越来越无法躲避。例如那个无中生有的"玉壶事件"，就很典型。

　　李清照的丈夫赵明诚是一位远近闻名的文物鉴赏专家，自己也藏了不少文物。在他病重期间，曾有一位北方的探望者携带一把石壶请他过目。没想到，赵明诚死后即有谣传兴起，说他直到临死还将一把珍贵的玉壶托人献给金国。

　　当时宋、金之间正在激烈交战，这种谣传关涉到中国文人最重视的气节问题。李清照再清高，也按捺不住了。

　　她一定要为至爱的亡夫洗刷名誉，但又不知道应该如何洗刷。

　　想来想去，选了一个最笨的办法：带上夫妻俩多年来艰辛收藏的全部古董文物，跟随被金兵追得走投无路的宋高宗赵构一起逃难。目的之一，是表明自己和古董文物的政治归属。甚至，还想在必要时把这些古董文物献给朝廷。

　　她的思路是，谣传不是说我的丈夫将一把玉壶献给了金国吗？现在金国愈加凶猛而宋廷愈加萎弱，我却愿意让自己和古董文物一起追随宋廷，这岂是有势利之心的人做得出来的？已故的丈夫与我完全同心，怎么可能叛宋悦金呢？

　　只有世界上最老实的文化人，才想得出这种表白方式，实在是笨拙得可爱又可气。

她显然过高地估计了造谣者的逻辑感应能力。他们只顾捕风捉影罢了，哪里会留心前后的因果关系？

她也过高地估计了周围民众的内心公正。他们大多乐于听点别人的麻烦事罢了，哪里会感同身受地为别人辩诬？

她更是过高地估计了丧魂落魄中的朝廷。他们只顾逃命罢了，哪里会注意在跟随的队伍里有一个疲惫女子，居然是在为丈夫洗刷名声？

宋高宗在东南沿海一带逃窜时，一度曾慌张地在海上舟居。可怜的李清照，跟随在后，从越州（今绍兴），到明州（今宁波），再经奉化、台州入海，又经温州返回越州。一路上，居然还带着那么多行李！

这一荒诞的旅程，最后在一位远房亲戚的劝说下终于结束。但在颠沛流离中，所携古董文物已损失绝大部分。

付出如此代价，名誉追回来没有？这真是天知道了。

至此，李清照已经年近五十，孤孤单单一个人，我想她一定累极了。

在国破家亡的大背景下，她颓然回想，父亲的名誉、公公的名誉、丈夫的名誉，已经摧肝裂胆地折腾了大半辈子，究竟有多大实质性的意义呢？她深深喘一口气，开始渴望过几年实实在在的日子。

她已受不住在寒秋的暮色里回忆早已远逝的亲情抱肩而泣的凄楚，她想暂别往昔，她想寻找俚俗。根据李心传、王灼、胡仔、晁公武等人的记载，她在思虑再三之后接受了一个叫张汝舟的军队财务人员的热烈求婚，又有了一个家。

她当然知道，在儒家伦理的重压下，一个出身官宦之家的上层女子，与亡夫的感情弥深弥笃，而且又年近半百，居然公开再嫁，这会受到上上下下多少人的指责？我们今天还能看到当时文人学者对李清照再嫁的恶评："传者无不笑之""晚节流荡无依"……这就是她在当时文化界"赢"得的名声。

对此，我们的女诗人似乎有一种破釜沉舟般的勇敢。

如果事情仅仅到此为止，倒也罢了。李清照面对鼎沸的舆论可以闭目塞听，关起门来与张汝舟过最平凡的日子。然而万万没有想到，这个张汝舟竟然是不良之徒。他以一个奸商的目光，看上了李清照在离乱中已经所剩无几的古董文物。所谓结婚，只是诈骗的一个手段。等到古董文物到手，他立即对李清照拳脚相加，百般虐待。

可怜到了极点的李清照，只要还有一点点可以容忍的余地，是绝不会再度破门而出公开家丑的。她知道一切刚刚嘲笑过她的正人君子们得知内情后，必定会笑得更响。但她毕竟更知道生命的珍贵，知道善良、高雅不应该在凶恶横蛮前自甘灭亡。因此，她在结婚三个月后向官府提出上诉，要求解除婚姻关系。

李清照知道宋朝的一项怪异法律，妻子上告丈夫，即便丈夫真的有罪，妻子也要跟着被判两年徒刑。但她宁肯被官府关押，宁肯审案时在大庭广众之下与无赖的丈夫对质，丢尽脸面，也要离婚。

没有任何文字资料记载李清照出庭时的神态，以及她与张汝舟的言词交锋内容。但是可以想象，为了达到离婚的目的她必须诉苦，只要诉苦就把自己放置到了博取人们同情的低下地位上，这是她绝不愿意做的。更何况，即便诉苦成功，所有旁观者的心中都会泛起"自作自受"四个字。这些，她全能料到。如此景况，加在一起，出庭场面一定不忍卒睹。

让这一切都从历史上隐去吧，我们只知道，这次上诉的结果，张汝舟被问罪，李清照也被关押，离婚算是成功了。幸好，由于一位朝中亲戚的营救，李清照没有被关押太久。

出狱后她立即给营救她的那位亲戚写信，除了感激，还是在担心自己的名誉："清照敢不省过知惭，扪心识愧。责全责智，已难逃万世之讥；败德败名，何以见中朝之士"；"虽南山之竹，岂能穷多口之谈？惟智者之言，可以止无根之谤"。

女诗人就是在如此沉重的名誉负荷下，悄悄地进入了老年。由此，我们可以更深入地懂得她写于晚年的代表作如《声声慢》了，那就不妨再读一遍：

> 寻寻觅觅，冷冷清清，凄凄惨惨戚戚。乍暖还寒时候，最难将息。三杯两盏淡酒，怎敌他，晚来风急！雁过也，正伤心，却是旧时相识。
>
> 满地黄花堆积，憔悴损，如今有谁堪摘？守着窗儿，独自怎生得黑！梧桐更兼细雨，到黄昏，点点滴滴。这次第，怎一个愁字了得？

不知道为什么我们许多写李清照的影、视、剧作品，都讳避了她如此剧烈的心理挣扎。可能也是担心一涉名誉，就会怎么也表述不清吧？名誉，实在是一种足以笼罩千年的阴云。

结果，讳避了又讳避，千千万万读者不知李清照命运悲剧，却在心中一直供奉着一个无限优雅的李清照。

这是一种虚假吗？好像是，但往深里一想又不是。这是一种比表层真实更深的真实。

挣扎于身边名誉间的李清照虽然拥有几十年的"真实"，反倒并不重要；而在烦闷时写下一些诗词的李清照，却创造了一种东方高雅女性的人格美的"大真实"，并光耀千秋。

为此，真希望饱学之士不要嘲笑后代读者对李清照命运悲剧的无知。这种无知，正体现了一种历史的过滤和选择。那些连李清照本人也担心"难逃万世之讥"的恶名，并未长久延续。真正延续万世的名誉，在当时却被大家忽视了，包括李清照自己。

至此已可看出，我花这么多笔墨来谈李清照，是舍不得她的故事对于名誉的全方位阐释功能。名誉的荒诞性、残忍性、追逼性、递进性，以及日常体验的名誉与终极名誉之间的巨大差异，都包含在其中。

有趣的是，后来一直有一些大学者出于名誉考虑，努力否定李清照曾经再嫁，说那是一群小人为了损坏李清照的名誉而造的谣。例如朱彝尊、王士禛、俞正燮、李慈铭都做过这样的事。他们学问高，名声大，总该恢复李清照的名誉了吧？但是，如果恢复了，那是真名誉吗？或者说，后代读者真会因为她曾经再嫁，低看她在诗词上的崇高名誉吗？

六、几点结论

写到这里，我可以对君子的名誉问题发表一些归结性的意见了。

第一，正在苦恼的名誉，大多无足轻重。

天下真正的大名誉如高山大川、丽日惠风，隐显之间不会惹人苦恼。惹人苦恼的，无非是四周的低语、躲闪的眼神、时下的忌讳、如风的传闻……但这一切，全是嗡嗡如蚊、嘤嘤如蝇，来也无踪，去也无影。为它们而难过，枉为一个挺立的人。等着吧，不必很久，你就会为昨夜的叹息后悔，为今晨的眼泪羞愧。

可以肯定，为名誉受损而苦恼的人，绝大多数都在心里把事情严重夸大了。曾在一本书里读到，一个儿子为了报纸上一篇损害自己名誉的文章又气又恨，寻死觅活，他的爸爸前来劝慰。爸爸问了一系列的问题：这份报纸，城里看的人有多少？看报的人，眼睛会扫到这篇文章的人占多少？这中间，会把文章读完的人有几个？这几个人中，能相信文章内容的人又有几个？相信的几个人中间，读完文章一小时后还记得的人会有吗？如果有，那么，第二天早晨是否还记得？……

儿子听了爸爸的这些问题，仔细一想，破涕为笑。可惜，大多数为名誉受损而苦恼的人，没有这样一位及时到达的爸爸。

第二，真正重大的名誉，自己无能为力。

真正重大的名誉，一定是自己生命质量的自然外化，又正好被外界隆重接受。无论是自己的生命准备还是外界的接受背景，都长远而宏大，无法突击，无法速成。也就是说，这样的名誉，是追求不到、争取不来、包装不出的，也是掩盖不住、谦虚不掉、毁灭不了的。因此，君子不应该成为一个求名者、忧名者、念名者、夺名者。

十七世纪英国政治家哈利法克斯说："从被追求的那一刻开始，名誉就是一种罪恶。"这话讲得太重，因为这要看追求的程度和后果。我觉得中国六世纪文学家颜之推的说法比较平稳：

上士忘名，中士立名，下士窃名。

(《颜氏家训》)

这就是说，要成为"上士"也就是君子，应该忘名。万万不可像"下士"那样去夺名，夺名其实就是窃名，于是"下士"也就等同于小人。"中士"就是介乎君子和小人之间的普通人，可上可下。要上，就不能惦记名声。

为什么不能惦记？因为名声的归属是自然而然的事情，一旦惦记，证明那名声未必属于自己，你却想争取过来。这种争取，就有了求的成分，窃的成分。

第三，一旦名誉受诬，基本不要在意。

名誉受诬，难免令人不悦。但是，受诬的名声既然与自己不合，那就不属于自己，只是名字重合罢了，当然完全不必在意。智者劝告：不为他人的错误惩罚自己；我则进一步劝告：对于恶名，也不可"窃名"。

不要那么推重谗夫，不要那么推重传谣者，也不要那么推重信谣的民众，不管他们的数量有多大。哪怕是一百万人都相信了，那也只是表明一个谣言收降了一百万个俘虏，而且是道义和智能都很低的俘虏，当然可以忽略不计。

历来说，"众口铄金"。我觉得，不要相信。如果是真金，多少张口能把它铄了？铄了的，一定不是真金。当然，也可能铄掉一点外层熔点极低的杂质，那对金来说，倒是好事。如果因名声起落失去了头衔，失去了朋友，甚至失去了一段婚姻，那就证明那些头衔、那批朋友、那段婚姻本不值得留存。从这个意义上，诬陷，是我们人生的清洁剂。谗夫，是我们人生的清道夫。免费获得了清洁剂和清道夫，真该感恩。

除此之外，谗夫还有另一个作用，那就是从他们活动的程度和频率，来反推我们成绩的程度和频率。因为如果没有特别好的成绩，就不会有谗夫的光顾。因此，他们又是反向的"颁奖者"。

第四，更高一层修炼，排除"名执""我执"。

君子是儒家概念，其实我们探讨君子之名，可以超越儒家，达到更彻底的境界。

例如老子说："名可名，非常名"，一下子就把名的确定性、指向性，全都取消了。名是一个套子，既套不住各异的个体，又套不住流动的时间，因此从本性上就是假的，不必存在的，不管是正名、邪名、好名、恶名、实名、虚名，都是这样。按照老子的观点，怎么还会有名誉的问题？

佛教更为彻底，一切名相皆是空幻。不仅是名，连"我"也是空的。人间正因为执着于"我"，造成多少纠纷和痛苦，而在无常的大千世界，"我"究竟是什么？消除了对"我"的执着，也就是消除了"我执"，那还会对"名"执着吗？僧侣团队中的每一个人，把自己从小就有的名字也脱卸了，只为称呼之便加了一个来自佛法的法号，那就做了一个把名看空的实验。结果，大家都看到了，他们中的大多数，反而更加自在、更加喜乐。

如果把"名执""我执"看成是人间痛苦之源，那么，君子之名也就获得了根本性解决。

但是，无限超脱的老子和佛教也不否认世上有善恶，人间有大道。因此，对于名誉问题，还有一件事要做。

第五，面对他人受诬，应该仗义执言。

如前所述，谗夫毁损君子名声，其实是在毁损社会的公共伦理。发现这一事端的所有君子，除了当事人因身份不便可以豁免外，都应该站出来捍卫公共伦理。就像康德所说的，"勇于在一切公共领域运用理性"。只有这样，社会才能在精神意义上真正有序。这在中国儒家哲学中，称之为"大道之行""王道之立"。在佛教中，称之为"无缘大慈，同体大悲"。

身边的某一个君子受诬，看起来是一件小事，其实却侵扰了天下公理，破坏了信用体系，人人都有责任阻止。如果这个诬陷不遏制，那个谣言不揭穿，日积月累，必然是天下公理的倾覆，谁也活不下去。《礼记》里的那段名言应该让所有的君子牢记：

> 大道之行也，天下为公，选贤与能，讲信修睦。
>
> 　　　　　　　　　　　　　　　　　　（《礼记·礼运》）

这是中国自古以来追求的美好社会理想，每读一次都让人振奋一次。它指出，一旦施行大道，天下人人有份，因此要选得贤能之士，达到诚实无欺、友爱无伤。按照这个标准，一切君子都应该站出来卫护社会信誉，修护他人尊严。只有这样，才有"天下为公"。时间一长，就有可能达到前面所说的"大道之行"，"王道之立"，"无缘大慈，同体大悲"。

由君子之名出发，层层辨析，终于抵达了这么一个宏伟而美好的理想境界，我为这次写作感到高兴。

模特生涯

　　我在读初中的时候一心迷恋绘画，好像也已经达到了一定的水平，经常被邀去为一些大型展览会作画，不少老师也把我的画挂在他们自己家里。到初中二年级，我终于成了美术课的"课代表"。

　　回想起来，我们的美术老师陆先生实在是一个高明之人。他反对同学们照范本临摹，而重视写生。写生的重点又渐渐从静物、风景上升到人体。作人体写生需要模特，但初中的美术课哪能去雇请专职模特，当然只能在同学们中就地取材，我作为美术课代表，首先登场。

　　不用脱光衣服，只是穿了内衣站在讲台上，让大家画。所有同学都冲着我笑，向我扮鬼脸。把我引笑了，又大声嚷嚷说我表情不稳定，不像合格的模特，影响了他们的创作。

　　站了整整两节课，大家终于都画完了。老师收上大家的画稿，给我看。这一看可把我吓坏了，奇胖的，极瘦的，不穿衣服的，长胡子的，发如乱柴的，涂了口红的，全是我。而且，每幅画的上端，都大大咧咧地写了我的名字。老师一边骂一边笑，最后我也乐了。

　　陆老师把我拉到一边说，你真的不该生气。如果画得很像，就成了照相，但美术不是照相。同学们乐呵呵地画你，其实是在画他们自己，这才有意思。

陆老师看了我一眼，说出了那句高于我当时接受水平的话："天下一切画，都是自画像，包括花鸟山水。"

我为什么被这般"糟蹋"？因为我站在台上，突然成了公众人物。全班同学必须抬头仰望我，因此也取得了随意刻画我的权利。这是被仰望的代价。画得好或不好，与我关系不大，只取决于各位同学自己心中的图像。老师一一为他们打了分，但这些分数都不属于我，属于他们。

几十年后我频频被各种报刊任意描绘、编造，形象越来越离奇，而且三天一变，层出不穷。很多朋友义愤填膺，认为那是十足的诽谤和诬陷，应该诉诸法律。但是大家都看到了，我一直平静、快乐，甚至不发任何反驳之声。

为什么？朋友们问，读者也问。

我在心里回答：我上过美术课，做过模特儿，有过陆老师，因此早就知道，他们其实在画自己。

当然不像我。当年同学们为什么在每幅画像上都大大咧咧地写上我的名字？因为他们知道不像，才标上一个名字。

这情景，与报刊上的情景也大体类似。

示 众

"文革"中有一件小小的趣事，老在我的记忆中晃动。

那时学校由造反派执掌，实行军事化管理，每天清晨全体师生必须出操。其实当时学校早已停课，出完操后什么事也没有了，大家都作鸟兽散，因此，出操是造反派体验掌权威仪的唯一机会。

这事很难对抗，因为有震耳欲聋的高音喇叭在催促，你如果不起床，也没法睡了。但是，大家在操场上惊异地发现，还是有几个自称"逍遥派"的同学坚持不出操，任凭高音喇叭千呼万唤，依然蒙头睡觉。这有损造反派领袖的脸面，于是他们宣布：明天早晨，把这几个人连床抬到操场上示众。

第二天果然照此办理。严冬清晨的操场上，呼呼啦啦的人群吃力地抬着几张高耸着被窝的床出来"示众"了。

造反派们一阵喧笑，出操的师生们也忍俊不禁。然而接下来的事情就麻烦了。

难道强迫这些"逍遥派"当众钻出被窝穿衣起床？可以想象，他们既然被人隆重地抬出来了，那么起床也一定端足架子，摆足排场，甚至还会居高临下地指点刚才抬床的同学，再做一点什么。如果这样做，他们也太排场了，简直像老爷一样。

于是造反派领袖下令："就让他们这样躺着示众！"

但是，蒙头大睡算什么示众呢？这边是凛冽的寒风，那边是温暖的被窝，真让人羡慕死了。

造反派领袖似乎也觉得情景不对，只得再下一道命令："示众结束，抬回去！"那些温暖的被窝又乐颠颠地被抬回去了。

后来据抬床的同学抱怨，这些被抬进抬出的人中，至少有两个从头至尾都没有醒过。

由这件往事，我想起很多道理。

示众，只是发难者单方面的想法。如果被示众者没有这种感觉，那很可能是一种享受。

世间的惩罚，可分直接伤害和名誉羞辱两种。对前者无可奈何，而对后者，那实在是一个相对的概念。一个人要实施对另一个人的名誉羞辱，需要依赖许多复杂条件。当这些条件未能全然控制，就很难真正达到目的。

蒙头大睡，这实在是最好的抗拒，也是最好的休息。抗拒在休息中，休息在抗拒中。

而且，在外观上，这一面彻底安静，那一面吵吵嚷嚷，立即分出了品级的高低。

这就是为什么，许多常受围攻的人士始终名誉未倒，而那些尖刻的大批判专家劳苦半辈子却未能为自己争来一点好名声。

让那些新老造反派站在寒风中慷慨激昂吧，我们自有温暖的被窝，乐得酣睡。

抬来抬去，抬进抬出，辛苦你们了。

北极雪路

那年，我与香港凤凰卫视一起考察人类重大文明遗址完毕，决定到北极画一个句号。从赫尔辛基出发，要驱车十七小时，刘长乐先生从香港赶来执意亲自为我驾车。在漫天大雪之中，不再有其他风景，不再有方向和距离。似乎一切都停止了，消失了，抽象了。

只有两个人，局缩在这么一个小空间里，也是够枯燥的。我对长乐说，我和考察队离开熟悉的世界已经很久，天天赶路，天天逃奔，好几个月没看过电视、读过报纸。幸而现在，他这么一个国际传媒大王坐在我身边，要与我相处那么长时间。因此正好请他为我补课，介绍近半年来，国际发生了什么，中国发生了什么。

长乐一听，满口答应。他说："我天天泡在新闻里，只要是重要的，就什么也丢不了。"

好，先讲国际，再讲国内。

他开始回忆。我发现，他的表情，已经从兴奋渐渐转向了迷惘。

过了一会儿，他开始给我讲国际。但每件事都讲得很简单，一共只讲了十分钟，就没了。

"怎么，没了？"我很惊奇。

"是的，没了。很多国际新闻，当事情过去之后，连再说一遍的动力也没有了。因为，已经一点也不重要。"他说。

我听起来，他选出来讲的那几项，也都不算重要。

接着讲国内。那就更加奇怪，只讲了五分钟，他便笑着说："就这一些，其他都不值一提了。"

一共十五分钟，就讲完了国际、国内整整半年的重要新闻。

没有任何新闻刺激我，但这事本身，却对我产生了强烈的刺激。

我做了一个反向对比。这半年，我的老朋友们，天天都在追赶新闻，他们很忙，很累，很乱。但是，我却用十五分钟就全盘解决。半年有多少分钟，不去细算了，但对比已经建立。这证明，老朋友们半年来关注新闻的全部努力，绝大多数浪费了。

在他们天天追随新闻的半年中，我在做什么？我在考察，我在写作。华文世界的读者和观众，天天都在"阅读"我。而我，确实也完成了一部比较重要的著作。与浪费了半年的老朋友相比，我是"大赚"了。

由此我更加懂得，当代民众所享受的新闻拥塞、网络井喷，其实是一种"反向占取"。也就是说，大量无价值的新闻，把民众的珍贵生命占取了。

生命苦短，有去无回。任何人都不可能重新拥有这个季节的这一天，更何况是半年。相反，信息，却时时刻刻如浊潮涌来，毫无节制，而且绝大多数质量低劣，几乎全部与接收者无关。因此，这是一种极不公平的互相占取。

凭着这个实例，我可以规劝学生了：不要离信息太近，不要用电脑太勤，不要被它们占据得太深，不要让它们吞噬得太狠。疏远它们，才有我们自己的土地。看看我吧，连手机、电脑都没有摸过，却似乎并没有因此而傻，因此而木，因此而笨。

咳，北极的启示，冰清玉洁，冷冽透彻。

白　马

那天，我实在被蒙古草原的胡杨林迷住了。薄暮的霞色把那一丛丛琥珀般半透明的树叶照得层次无限，却又如此单纯，而雾气又朦胧地弥散开来。

正在这时，一匹白马的身影由远而近。骑手穿着一身酒红色的服装，又瘦又年轻，一派英武之气。但在胡杨林下，只成了一枚小小的剪影，划破宁静……

白马在我身边停下，因为我身后有一个池塘，可以饮水。年轻的骑手微笑着与我打招呼，我问他到哪里去，他腼腆地一笑，说："没啥事。"

"没啥事为什么骑得那么快？"我问。

他迟疑了一下，说："几个朋友在帐篷里聊天，想喝酒了，我到镇上去买一袋酒。"确实没啥事。但他又说，这次他要骑八十公里。

他骑上马远去了，那身影融入夜色的过程，似烟似幻。

我眯着眼睛远眺，心想：他不知道，他所穿过的这一路是多么美丽；他更不知道，由于他和他的马，这一路已经更加美丽。

我要用这个景象来比拟人生。人生的过程，在多数情况下远远重于人生的目的。但是，世人总是漠然于琥珀般半透明的胡杨林在薄雾下有一匹白马穿过，而只是一心惦念着那袋酒。

为妈妈致悼词

感谢诸位，来与我们一起，送别亲爱的妈妈。

我妈妈于一九二二年一月六日出生，于二〇一二年十二月九日凌晨去世，在这个世界上生活了整整九十年，也算高龄了。妈妈在最后的日子里没有任何痛苦，只因老年性的心血管系统疾病失去了意识。我们这些晚辈一天天都轮流陪在她身边，她走得很安详。

因此，我要求几位弟弟，在今天的追悼会上不要过于悲伤，更不要失声痛哭。

悲伤和痛哭，容易进入一种共同模式，这是妈妈不喜欢的。记得十年前我们也在这里追悼爸爸，从头到底，妈妈一直都没有哭，大家以为她过度悲痛而失神了。但是，回到家里，在爸爸那个小小的写字台前，她突然号啕大哭，哭得像一个小女孩一样。马兰抱住她，抚摩着她的背，她哭了很久很久。从此，整整十年，直到她自己去世，她不再哭过一声，不再流一滴眼泪。她此生的哭声和眼泪，全都终止于爸爸。

妈妈拒绝一切群体化的悲伤，避过一切模式化的情感。我们今天，也要顺着她。那就让我们在心底，为这独一无二的生命，唱一首独一无二的送别之歌。

妈妈的独一无二，可以从一件小事说起。几天前，我们守在妈妈床边，为她服务了十年之久的保姆小许动情地说，整整十年，没有听到过她的一句责备，一句重话。

我说："你只有十年，我是她的大儿子，多少年了？从小到大，也没有听到过。"

其实，今天到场的舅舅、舅妈和所有年长的亲友都可以证明，在你们漫长的人生记忆里，有没有留下一丝一毫有关我妈妈稍稍发火的记忆？

我看到你们全在摇头，对，肯定没有。我一生见到的妈妈，永远只是微笑，只是倾听，只是腼腆，最多，只是沉默。直到半年前一起吃饭，我说她毛笔字写得比我好，她还腼腆得满脸通红。

但是，我要告诉今天在场的年轻人，不要小看了微笑和腼腆。你们眼前的这位老人，还留下了一系列艰深的难题。

对于这些难题，我曾多次当面问过妈妈，她只是三言两语匆匆带过。每次，我总以为还有机会细问。也许在一个没有旁人的安静下午，让她一点点地回答我。但是，这个机会再也没有了，她把一切答案都带走了。

于是，我心中的难题，也就成了永远的难题，无人可解。

第一个难题：她这么一个大城市的富家之女，为了在战争年月支撑一个小家庭，居然同意离别在上海工作的丈夫，到最贫困的乡村度过自己美丽的青春，一切生活细节都回到她完全不熟悉的原始起点。对她来说，就像一下子跌进了石器时代。这，怎么可能？

第二个难题：回去的乡村，方圆多少里只有她一个人识字，她却独自挑起了文明启蒙的全部重担。开办识字班，为每家每户写信、读信、记柴账、谷账……她每天忙得不可开交，却没有任何人要她这么做，也没有得到过任何报酬。这，又怎么可能？

第三个难题：她和爸爸，这对年轻夫妇，当初是怎么冒险决定的，让他们刚刚出生的大儿子，我，在如此荒昧的农村进入至关重要的早期教育？在那所极其简陋的小学开办之前，是由妈妈独自承担吗？在我七岁的时候，妈妈又果断地决定，我每天晚上不再做功课、写作业，而是替代她，来为所有的乡亲写信、记账。她做出这个决定，显然是为了培养我的人生责任感，但她难道完全不考虑我的学业了吗？

第四个难题：有些亲友曾经认为，妈妈是在瞎碰瞎撞中很偶然地完成了对我的早期教育。这确实很有可能。但是，我到上海读中学后，很快获得了全市作文比赛第一名和数学竞赛大奖，原因是我为乡亲写过几百封信，又记了那么多账。妈妈知道我获奖的消息后，居然一点儿也不感到惊讶。难道，她不是瞎碰瞎撞，而是早有预计？

第五个难题：到上海后，遇到了饥荒和"文革"。全家遭受的最大困顿就是吃饭，这事全由妈妈一人张罗。"文革"中，一切被"打倒"人员的全部生活费，是每月每家二十六元人民币，而当时我家，是整整八口人，其中包括一名因失去父母而被收养的孩子。家里早就没有任何余钱，所有稍稍值钱的东西也都已经卖完。那么，二十六元，八口人，这道完全无解的算术题，妈妈到底是怎么一天天算下来的？我们看到的只是一个结果，那就是全家都没有饿死。这究竟是如何做到的？

与前面几个难题不同的是，这个难题出现时我已经长大，留下了一些片段记忆。

例如，"文革"灾难中的一天，妈妈步行到我所在的学院，找到了已经很久没有吃过一顿饱饭的我。在一片吵闹的高音喇叭声中，她伸出温热的手掌紧紧贴在我的手掌上。我感觉到，中间夹了一张纸币。她说，还要立即赶到关押爸爸的地方去。我一看手掌，那是一张两元钱的纸币。这钱是从哪里来的？我百思不得其解。

但是，过几天我就侦查到了。原来妈妈与几个阿姨一起，在一家小工厂洗铁皮。那么冷的天还赤着脚，浑身上下都被水浇湿了。几元钱，就是这么挣来的。

　　前几天，妈妈已经失去知觉，我坐在病床边长时间地握着她的手掌，突然如迅雷闪电，记起了那年她贴着两元钱纸币握住我手掌时的温热。还是这个手掌，现在握在我手上。然后，我又急急地去抚摩她的脚，四十多年前的冷水铁皮，让我今天还打了个寒战。

　　妈妈的手，妈妈的脚，我们永远的生命支架。难道，这些天要渐渐地冷却了吗？

　　我一动妈妈的手脚，她肩头的被子就有点滑落，马兰赶忙去整理。肩头，妈妈的肩头，更是我家的风雨山脊。

　　有关妈妈肩头的记忆，那就更多了。例如，我曾写过，"文革"中有一次我从农场回家，吃惊地看到一张祭祖的桌子居然在自动移位。细看之下才发现妈妈一个人钻在桌子底下，用肩在驮桌子。家里的人，有的被关押了，有的被逼死了，有的被流放了，没有一双手来帮她一把，她只能这样。

　　"文革"结束后，公道回归，被害的家人均获平反，我也被选拔为全国最年轻的高校校长。但是，不管声名如何显赫，我的衣食负担还是落在妈妈肩上。直到今天，集体宿舍的老邻居们还都记得，我妈妈每隔几天就肩背一个灰色的食物袋来为我做饭，后面还跟着爸爸。

　　现在，很多当年同事仍在美言我在那个年代的工作效能，不少出版社也在抢着出版我那时写的学术著作。但是只有我知道，这一切的一半分量，都由一副苍老的肩膀扛着，直到马兰的出现。

　　说到这里，我想大家都已明白，妈妈一生的微笑和腼腆，绝不是害怕、躲避、无能、平庸。恰恰相反，她完成了一种特殊的强大。

　　妈妈让我懂得，天地间有另一种语言。记得当年爸爸单位的"革命群众"每隔几天就会来威胁妈妈，说爸爸如果再不交代"反党罪行"就会"死无葬身之地"。妈妈每次都低头听着，从不反驳一句，心里只想着下一顿饭能找一些什么来给孩子们吃。后来叔叔在安徽被逼死，妈妈陪着祖母去料理后事，当地的"革命群众"又在一旁厉声训斥，妈妈只是捧着骨灰盒低头沉默，随便他们说什么。

几十年过去，现在我们都知道了，妈妈的沉默是对的。那些"革命群众"不值得辩论。一辩论就进入他们的逻辑系统，必定上当。妈妈固守的，是另一套做人的基本道理，也就是天道天理。只有沉默，才能为天道天理让出位置，才能为历史裁判留下空间。

妈妈心中的天道天理，比我们常说的大是大非还要高。妈妈并不否认大是大非，例如，在"文革"灾难中，她和我都知道，只要我去与造反派疏通一下，表示服从，爸爸的处境也许会改变，但我坚决不去疏通，她也赞成我这么做。又如，她知道我曾经到一个出版社单独与"工总司"暴徒对峙，又冒险悄悄地主持了上海唯一的周恩来追悼会，她都没有阻止我，只说"做事不大声，做完就走人"。

但是，这些事，还不是她心中的终点。她的终点听起来很平常：不管别人怎么闹，都要好好活下去。

在这一点上，妈妈显然高于爸爸。爸爸是典型的儒家，相信"修身、齐家、治国、平天下"那一套，成天要为正义挺身而出，为此受尽折磨。直到十年前，还被广州、上海、天津的三份诬陷我的报刊活活气死。他临终床头那几份报刊上的颤抖笔画，便是生死遗命。其实爸爸和妈妈同龄，妈妈能够多活十年，原因之一，是她压根儿不听那些恶言。因此，这些恶言只能折腾爸爸，却无伤妈妈。

针对这个对比，我曾经说过，我是中国人，当然忘不了杀父之仇；但我又是妈妈的儿子，懂得绝不能让自己受恶言操控。我想，朋友们都会认同，我受妈妈的影响更深一些。

很多读者都奇怪，我为什么受到媒体间那么多谣言的一次次围攻而从不解释，从不反驳？只要见过我妈妈，就明白了。

最后，我想用一件远年往事，作为这个悼词的归结。

在我六岁那年，一个夏天的傍晚，妈妈翻过两座山，吴石岭和大庙岭，到上林湖的表外公家去了，当夜必定回来。我为了让妈妈惊喜，就独自翻山去接妈妈。那时山上还有很多野兽，我却一点儿也不害怕。后来在第二座山的山顶遇到栖宿在破凉亭里的一个乞丐家庭，他们还劝我不要再往前走，但我还是没听他们的。终于，我在翻完第二座山的时候见到了妈妈。现在想来，妈妈也是够大胆的，那么年轻，那么美貌，独自一人，走在黑夜山路上。然而，更有趣的是，妈妈在山路上见到我，竟然不吃惊，不责怪，不盘问，只是高兴地说一句"秋雨来了"，便一把拉住我的手，亲亲热热往回走。这情景，正合得上布莱希特的一个剧名：《大胆妈妈和她的孩子》。

是的，我毕生的大胆，从根子上说，都来自妈妈。十几年前我因贴地冒险数万公里考察了密布着恐怖主义危险的人类古文明遗迹，被国际媒体誉为"当今世界最勇敢的人文教授"。其实那每一步，还是由妈妈当年温热的手牵着。

妈妈，您知道，我为您选定的归息之地，就在那条山路边上。爸爸已经在那里安息，山路的另一侧，则安息着祖父、祖母、叔叔，以及您的父亲——我们的外公。因此，您不会寂寞。

您先在上海度过这个寒冷的冬天，明年春天，我会领着弟弟们，把您送到那里。

妈妈，这是我们的山路，我们的山谷。现在，野兽已经找不到了，山顶上的凉亭早就塌了，乞丐的家也不见了。剩下的，还是那样的山风，那样的月亮，那样的花树。

妈妈，我真舍不得把您送走，但是，更舍不得继续把您留在世间。

这世间，对您实在有点说不过去。整整九十年，越想越叫人心疼。那就到那里去休息吧，妈妈。

谢谢大家，陪我和妈妈说了这么多话。

（二〇一二年十二月十三日下午四时三十分，在妈妈的追悼会上）

采石矶碑

呼唤庄严，长江翻卷奇丽；黄河推出百家，
长江托举孤楫；黄河滋养王道，长江孕育
遐思；黄河浓绘雄浑，长江淡守神秘。两
河喧腾相融，合成文明一体。

李白来自天外，兼得两河之力，一路寻
觅故乡，归于此江此矶。
于是立地成台，呼集千古情思，告示大
漠烟水，天下不可无诗。
诗为浮生之韵，诗乃普世之寄。既然
有过盛唐，中国与诗不离；既然有过李白，
九州别具经纬。

《采石矶碑》

采石矶碑

此为采石矶，李白辞世地；追溯三千里，屈原诞生地；追溯两千里，屈原行吟地；追溯一千里，东坡流放地。

如许绝顶诗人，或依江而生，或凭江而哭，或临江而唱，或寻江而逝，可知此江等级，早已登极。余曾问：在世界名山大川间，诗格最高是何处？所得答案应无疑：万里长江数第一。

细究中华诗情，多半大河之赐。黄河

淥和地一許絕頂詩
人去伍江与生或遣
江与关我听江而以吕
或易江与起万知
此江寺以早之学招

青云不磷李白

群玉地远近三千
里居原起这远浮
奇千里屋石引、岭
地远浮一千里东坡

诗传佳句坐大河之赐

黄河呼啸庄如部北

江翻卷奔磊黄河

推出百水东注东来

孤棹奇河滋养王遥

186

余尝问友人患名山大
川皆阅历殆尽是
何吾以谓是卓庵
世独善于比江数
第一拥几中美

峰岳此江上綠於其生
之方一鳴驚起鄉
地水室峰集十五情
里出示大漢煙乃又
小不可半詩一為浮生

长江浩渺迤逦黄河，
灌输雄浑万里江淮，
古神秘与河宣扬，
物竞合成之吻一体奉，
自来自五外东河两河

余光中 文珊书

谢晋墓碑

謝

正义于困顿，且成功融入东方女性忠贞淑婉形象而感动千家万户。

后人若问：「在封闭年月，凿得天光谁为最？」答曰：「谢晋也。」再问：「在复苏时代，振聋发聩谁为最？」答曰：「谢晋也。」

谢晋作品，润泽祖孙三代。此地茔丘，足可笑对苍原。

《谢晋墓碑》

谢晋墓碑

谢晋先生，浙江上虞人氏，东晋谢安、谢玄之后也。取晋为名，以表传承。悠悠千年，果然继其先祖创拓之脉，引领中国电影事业而成一代宗师。

毕生激情如火，摄尽世间血泪。辨善恶于红尘，投思索于青史，追人性于灾难，问

中国電影事業而
成一代宗師畢生激
情如火攝光影世間血
波濤善惡於紅塵
投思索於夫逝

196

谢晋先生浙江上虞人

民东晋谢安谢玄之

後也耶晋书有表传

不愁……手墨犹其

先祖剑拔之脉引领

月彩得之见谁為

最答曰謝吾也互問

至道藝種時代云聲

藝體謹為最答曰

謝吾也謝吾作总測

198

人性於安難閒心義
扵固邪且感功始入
東方四性忠貞淋婉形
源西感動千家弟戶
没人弟閒主封閉年

澤祖如三代七地

堂丘且可笑對

養原

余秋雨文且書

谢晋先生的夫人徐大雯女士如此高龄还带着儿子从上海赶到北京，参与盛会。她在国家博物馆的大厅见到我和妻子马兰，立即深深鞠躬，感谢我的这篇碑文。白发苍苍了还行如此大礼，她的儿子也跟着她行礼，这个情景让我和马兰非常感动。我们立即躬身还礼，并上前搀扶。

一代门风，九州共仰，陈之于国家博物馆，真可称作经典。

秋雨按

很多年前，谢晋导演曾多次当众宣布遗嘱，说他离世之后，请韩美林先生塑雕墓碑，请我写书碑文。但那时他还一直健康地忙碌着，我曾戏言，他怎么一直不让我和韩美林先生早点合作。

这一天终于来了。韩美林先生和我都在第一时间执行了遗嘱。事后不久，韩美林艺术展在国家博物馆开幕，由我发表开幕演讲。

《秋雨合集》总览

（共二十二卷）

·主体八卷·

第一卷 《中国文脉》

这是几十年来第一部以审美品级为标准的中国宏观文学史。出版后曾获联合国邀请在纽约联合国大厦隆重开讲，同时在纽约大学讲授，被美国资深翻译专家汪班先生评论为"平生所见最独立、最简洁、最有魅力的中国文学通史"。

第二卷 《山河之书》

如果说，《中国文脉》展现了中国文化的时间力量，那么，《山河之书》则展现了中国文化的空间力量。作者以二十余年的亲自踏访，唤醒了广大读者对一系列最重要文化古迹的当代认知。所写的《文化苦旅》《山居笔记》等著作，发行量在一千万册以上，相继在全国点燃了晋商文化热、清宫文化热、藏书文化热、敦煌文化热、都江堰文化热、书院文化热，并创建了"文化大散文"的一代文体。本书就是对那些著作的精选、提升和增补。

第三卷 《千年一叹》

作者在完成对中华文明的时间梳理和空间梳理后，又投入了对世界上其他重大文明故地的对比性考察，此书为考察日记。由于整个过程需要冒着生命危险贴地穿越世界上最恐怖地区，在海内外引起极大关注，世界上有十一家报纸曾经同步刊载这份日记。直到今天，作者仍是全球知名人文学者中完成这一考察的唯一人。本书最后在尼泊尔山谷对各大文明的总结思考，非亲临者不能为。

第四卷 《行者无疆》

如果说《千年一叹》让中华文明在与其他古文明的对比中显现出了一系列优点，那么，《行者无疆》则让中华文明在与欧洲文明的对比中显现出了一系列弱点。作者为写作此书考察了欧洲九十六座城市，全书最后的总结，是对中华文明的深切自省。据有关部门统计，本书由于独特的吸引力，已成为近十年来中国旅行者游历欧洲时携带最多的一本书。

第五卷 《何谓文化》

这是作者在系统考察中国文化和世界文化之后对文化的综合思索。其中在联合国世界文明大会上的主题演讲，在联合国发布世界文化报告仪式上的主题演讲，以及在澳门科技大学获授荣誉博士仪式上的长篇演讲，都在国际学术界产生过重大影响。但本书更大的篇幅，则描述了一批以自身人格来阐释文化的当代杰出人物，例如谢晋、巴金、黄佐临、章培恒以及台湾的星云大师、林怀民、白先勇、余光中等。这些文章发表后，在读者中产生过强烈的情感效应。

第六卷 《君子之道》

本书进一步把《何谓文化》的整体课题延伸到中华文化的核心课题上。文化人类学认为，一切重大文化的核心机密是集体人格；而本书作者则进而认为，中华文化的人格理想是君子之道。本书缕析了儒、道两家在君子之道上的九项要点和四大难题，作为打开中华文化核心机密的钥匙。同时，阐述了作者本人在佛学上的修行感悟。此外，作者围绕着人生问题还提供了一系列国际视角。此书的部分内容，曾在美国华盛顿国会图书馆演讲。

第七卷 《吾家小史》

本书以一个普通中国家庭的三代经历折射了中华文明的现代困境，既是一种"记忆文学"，也是一种"感性文化"。整个记述与通常的历史定论处处相悖，却保留了一种平静的真实。这个中国家庭正好是作者自己的家庭，整部书的写作，早在"文革"灾难中作者为父亲写交代时已经开始动笔，然后又调查、考证了三十年。作者说："我写了中国，写了世界，最后写自家，终于进入了文化的秘境。"

第八卷 《冰河》

文化的最终成果，更应该是感性形态。本书是继《吾家小史》之后的另一种感性形态：一项纯粹的创作。作者完成这项创作的美学追求是："为生命哲学，披上通俗情节的外衣；为颠覆历史，设计貌似历史的游戏。"这种追求，处于当代国际艺术探索的最前沿。这项创作是作者为妻子马兰的演出而几度延伸的，因此又可看作《吾家小史》的一个实证补充。

·学术六卷·

第九卷 《北大授课》

本书是作者为北京大学不同系科授课的课堂记录，副题为《中华文化四十七讲》。与一般学术著作不同的是，它由教授和学生一起完成。课堂上北大学生的活跃、机敏、博识、快乐，体现了当代年轻人对中国古代文化的认可程度，颇具学术测试价值。作者在课堂中的作用，是对文化哲学的思维路线作整体引导。此书从初版至今，已几度再版，在海峡两岸受到远远超乎预料的热烈欢迎。

第十卷 《极端之美》

这是一部特殊的美学著作。作者的美学思想曾接受又摆脱了过于学理化的康德、黑格尔，更倾向于解剖具体美学范例如《拉奥孔》的莱辛。作者认为解剖范例应取其极端状态为"临界标本"，而中华民族在这方面的范例有三项：书法、昆曲、普洱茶。其中普洱茶是一种极端性的生态美学范例，在美学的走向上具有开拓性。由于作者本人在这三项中都取得了社会公认的发言权，因此这部美学著作又包含着专业权威性。

第十一卷 《世界戏剧学》

"文革"灾难因发动全民批判《海瑞罢官》、全民独拜"革命样板戏"而爆发，因此在那十年间一直实行着"戏剧恐怖主义"，致使不少戏剧家为此入狱或丧生。本书作者就在这种背景下悄悄地以上海戏剧学院图书馆的外文书库为基地，开始了"世界戏剧学"学术体系的构建。这是一个在拼死对抗中建立起来的国际级文化工程，完整地展现了惊人的学术良知。此书在"文革"结束后快速出版，几十年来，获得多项学术大奖，至今仍是这一学科唯一的权威教材。

第十二卷 《中国戏剧史》

白先勇先生评价此书是"第一部从文化人类学高度写出的《中国戏剧史》，在学术上非常重要"。二十八年前，在两岸还处于基本隔绝的情况下，本书成了台湾书商首部盗印的大陆学术著作。

第十三卷 《艺术创造学》

本书建立了完整的学术体系，全方位地论述了艺术的第一本性是创造，而不是中国社会广泛误读的"遗产保护"和"传统继承"。本书所论，涵盖古今中外，却又主要取材于创造力最强的法国，以及创造态势最为综合的电影。本书曾被评为中国改革开放关键时期在人文学科上最有代表性的几部突破性著作之一，也创造了高层学术著作获得畅销的奇迹。

第十四卷 《观众心理学》

本书以独创的学术体系，首次建立了实践型的心理美学。曾因美学界前辈蒋孔阳、伍蠡甫等教授的强力推荐，获上海市哲学社会科学著作奖。与《艺术创造学》一样，本书也因艺术实例丰富而成为很多艺术创造者的案头之书。

·译写七卷·

第十五卷 《重大碑书》

这是作者应邀为各个重大文化遗址书写的碑文，而书法也出于作者之手，故称碑书。其中包括《炎帝之碑》《法门寺碑》《采石矶碑》《钟山之碑》《大圣塔碑》《金钟楼碑记》等。这么多顶级文化遗址都不约而同地邀请一个并无官职的文化人书写碑文，这样的事从古未有。作者所写碑文，都以现代观念回视历史，并以当代多数旅行者能够顺畅朗读的古典文体写出。书法用行书，但各碑因内容差异而采用不同风格。此外，本书还收录了两份重要的现代墓志铭。

第十六卷 《遗迹题额》

这也是一种"重大碑书"，只不过并无完整的碑文，而只是题写遗迹之名，称为题额。这些遗迹很多，例如：仰韶遗址、秦长城、都江堰、云冈石窟、荆王陵、东坡书院、峨眉讲堂、昆仑第一城、张骞故里等等。

这些题额，都已镌刻于各个遗址。作者把这些题额收入本书时，还叙述了每个遗址的历史意义以及自己选择题写的理由。把这些叙述加在一起，也可看成是一种依傍大地实景的历史导览。

第十七卷 《庄子译写》

这是对庄子最有代表性的作品《逍遥游》的今译以及对原文的书写。今译严格忠于原文，但不缠绕于背景分析、历史考订，而是衍化为流畅而简洁的现代散文，借以展示两千多年间文心相连、文气相续。书写，用的是行书。作者在自己所有的行书作品中，对《逍遥游》的书写较为满意。这份长篇书法，已镌刻于中国道教圣地江苏茅山。

第十八卷 《屈原译写》

作者对先秦文学评价最高的，一为庄子，二为屈原。屈原《离骚》的今译，近代以来有不少人做过，有的还试着用现代诗体来译，结果都很坎坷。本书的今译在严密考订的基础上，洗淡学术痕迹，用通透的现代散文留住了原作的跨时空诗情。作者曾在北大授课时朗读这一今译，深受当代青年学生的好评。作者对这一今译的自我期许是："为《离骚》留一个尽可能优美的当代文本。"《离骚》原文多达二千四百余字，历来书法家很少有体力能够一鼓作气地完整书写。本书以行书通贯全文而气韵不散，诚为难得。

第十九卷 《苏轼译写》

这是作者对苏轼前、后《赤壁赋》的今译和书写。由于苏轼原文的精致结构，今译也就更像两则哲理散文。此外，本书又收录了作者研究苏轼的论文以及其他两份抄录苏轼名词的书法。

第二十卷 《〈心经〉译写》

今译《心经》，颇为不易；要让大量普通读者都能读懂，更是艰难。今译，是译而不释，也就是只能将深奥的佛理渗透在浅显的现代词语中而又简洁无缠，这是本书的努力。书中《写经修行》一文，是对《心经》的切身感悟。此外，本书还收录了作者研究佛教与中国文化关系的论文。作者对《心经》恭录过很多版本，本书集中了普陀山刻本、宝华山刻本和雅昌刻本三种。其中作者对刻于宝华山的草书文本更为满意。普陀山和宝华山都是著名佛教圣地，有缘把手抄的《心经》镌刻于这样的圣地，是一件大事。

第二十一卷 《捧墨赠友》

这是作者历年受朋友之请题写的各种隽语联楹。所有内容均为作者自撰、自选的人生格言、境界描述。作者自己认为，由于状态轻松愉快，本书在书法水准上很可能高于前面的碑书和经典抄写。此外，本书还选录了作者的"行世十诫"和作者自填自书的七阕词作。

·散文自选·

卷外卷 《文化苦旅》

本书问世二十余年，多种版本在全球的发行量难以计数，如果包括层出不穷的盗版，应在千万册以上，无疑是印刷量最大的现代汉语散文著作。此次再度由作者自选，篇目与初版已有很大不同，除保留原来的中国之旅外，又增加了世界之旅和人生之旅。但是，由于多数篇目选自庞大的《秋雨合集》，本书就不能包罗在《秋雨合集》之内了。根据广大读者和出版家的强烈要求，姑且作为"卷外卷"来压卷。

（陈羽整理）